LA PREMIÈRE CHOSE QU'ON REGARDE

Né en 1960 à Valenciennes, Grégoire Delacourt est publicitaire. On lui doit notamment de fameuses campagnes pour Cœur de Lion, EDF, Lutti, Apple ou encore Sephora. Son premier roman, *L'Écrivain de la famille*, a été récompensé par cinq prix littéraires dont le prix Marcel Pagnol. *La Liste de mes envies*, best-seller international publié et traduit dans plus de trente pays, a été mis en scène au théâtre en 2013 et a fait l'objet d'une adaptation cinématographique en 2014 avec Mathilde Seigner et Marc Lavoine dans les rôles-titres. *La première chose qu'on regarde* est son troisième roman.

GRÉGOIRE DELACOURT

La première chose qu'on regarde

ROMAN

Préface inédite de l'auteur

JC LATTÈS

© Éditions Jean-Claude Lattès, 2013.
ISBN : 978-2-253-17814-9 – 1re publication LGF

Pour Faustine, Blanche,
Grâce et Maximilien.

Can you see the real me preacher ?
Can you see the real me doctor ?
Can you see the real me mother ?
Can you see the real me ?

Quadrophenia,
Pete Townshend, The Who

Préface

Mine de rien, cette histoire a commencé à s'écrire vers 1973.

J'avais treize ans, j'étais en pension depuis trois ans et, lorsque je rentrais chez nous, le samedi après-midi, j'aimais regarder Samedi est à vous, animé par Bernard Golay, et feuilleter le magazine que préférait alors ma mère : *Jours de France*. Il y avait un dessin toujours très drôle de Jacques Faizant, la mode présentée de façon kitsch, et surtout, des nouvelles de quelques jolies personnes.

Parmi elle, la jeune Caroline de Monaco.

Elle avait quinze ans. On la voyait au ski, avec son bonnet Ellesse. On la voyait en petite princesse dans un bal. On la voyait en sirène, sur une plage. Je la trouvais absolument ravissante et, quand ma mère avait fini la lecture du magazine, qu'il ne finissait pas sur la table de la cuisine pour recueillir les épluchures des pommes de terre, je lui demandais la permission d'en découper quelques pages.

Un matin, alors qu'elle entrait dans ma chambre, elle découvrit quelques images de la jeune princesse punaisées sur le mur. Elle les contempla puis me regarda. Je rougis, un peu, et me lançai :

— Tu crois que je pourrais l'épouser un jour ?

Ma mère s'assit sur mon lit, inspira profondément et tourna probablement sept fois sa langue dans la bouche, puis elle me répondit :

— Ça ne va pas être simple, pas simple du tout ; mais oui, c'est possible.

Quel cadeau, sa réponse !

Plus tard (en tout bien tout honneur, j'avais treize ans), je me suis demandé ce qu'il se passerait si la jeune Caroline de Monaco frappait à la porte de ma chambre.

Que se passe-t-il quand ce dont vous rêvez le plus au monde vous arrive ?

Quarante ans après, *La première chose qu'on regarde* est né.

Une histoire d'amour qui commençait avec le malentendu d'un corps magnifique, aux yeux de tous presque parfait ; un corps qui cachait quelqu'un de plus beau encore, mais qu'on ne voyait pas.

— *Est-ce qu'il y aurait du désir en l'absence de corps ?* demande Jeanine dans le livre.

— *Je crois*, répond enfin Arthur.

Plus tard, lorsque j'ai lu qu'une jeune fille sur deux, de quinze à vingt-cinq ans, envisageait une chirurgie esthétique, c'est l'histoire de Jeanine que je voulais qu'elles connaissent.

J'ai moi-même trois filles, et je rêve qu'elles s'aiment et soient aimées comme elles sont, comme on devrait tous l'être. Parce que la première chose qu'on regarde n'est jamais la dernière qu'on voit.

Grégoire DELACOURT

Arthur Dreyfuss aimait les gros seins.

Il s'était d'ailleurs demandé, si d'aventure il avait été une fille, et parce que sa mère les avait eus légers, sa grand-mère lourds, du moins dans le souvenir des étreintes asphyxiantes, s'il les aurait eus gros ou petits.

Il trouvait qu'une poitrine conséquente obligeait à une démarche plus cambrée, plus féminine, et c'est la grâce de ces silhouettes en délicat équilibre qui l'enchantait ; le bouleversait parfois. Ava Gardner dans *La Comtesse aux pieds nus*, Jessica Rabbit dans *Qui veut la peau de Roger Rabbit ?* Et tant d'autres. Ces images le rendaient béat et rougissant. La poitrine impressionnait, appelait soudain au silence, forçait le respect. Il n'était pas d'homme sur cette terre qui ne redevenait alors petit garçon.

Ils pouvaient tous mourir pour ça.

De tels avantages, Arthur Dreyfuss, qui n'en avait jamais encore eu à proprement parler sous la main, en avait contemplé moult versions dans quelques vieux magazines usés de *L'Homme moderne* dénichés chez PP. Sur Internet aussi.

Pour les vrais, il y avait eu ceux de madame Rigautmalolepszy, qu'il apercevait lorsqu'ils débordaient de ses chemisiers au printemps : deux flamboyantes pastèques, si claires toutefois qu'y affleuraient des ruisseaux vert pâle, enfiévrés, palpitants ; tumultueux soudain lorsqu'elle accélérait le pas pour attraper l'autobus qui s'arrêtait deux fois par jour Grande Rue (une petite rue où le 1er septembre 1944 tomba un Écossais, un certain Haywood, pour la libération de la commune), ou que son ignoble roquet roux l'entraînait, excité, vers une quelconque déjection.

En classe de troisième, la sympathie du jeune Arthur Dreyfuss pour ces fruits de chair lui fit choisir la proximité d'une certaine Nadège Lepetit qui, bien qu'assez ingrate, avait l'avantage d'un copieux 85C sur une ravissante Joëlle Ringuet porteuse d'un 80A de limande. Ce fut un mauvais choix. L'ingrate protégeait jalousement ses demi-melons et interdisait aux gourmands de les approcher : âgée de treize ans, la maraîchère gironde, consciente de ses atours, voulait être convaincue d'être aimée pour elle-même, et l'Arthur Dreyfuss du même âge ne s'y entendait alors pas vraiment en mots courtois, rimeurs et trompeurs. Il n'avait pas lu Rimbaud ni vraiment retenu les paroles au miel des chansons de Cabrel, ou celles, plus anciennes, d'un certain C. Jérôme (exemple : *Non, ne m'abandonne pas/Non, non, mais donne-toi*).

Lorsqu'il apprit qu'Alain Roger, son ami d'alors, eut les modestes drupes de la ravissante Joëlle Ringuet au bout des doigts, puis au bord des lèvres, puis tout à fait dans la bouche, il crut devenir fou et se demanda s'il ne fallait pas réviser drastiquement ses positions mammaires. À la baisse.

À dix-sept ans, il monta à Albert (troisième ville de la Somme) avec le fier Alain Roger pour y fêter sa première paye. Il y choisit une marcheuse au balcon allègrement fourni pour y perdre le pucelage et connaître le vertige, mais son impatience fut telle qu'il honora immédiatement le jute de son pantalon. Il s'enfuit alors, ruiné, honteux, sans même avoir eu l'occasion, ainsi qu'il se l'était mille fois juré, de caresser, palper, embrasser, déchiqueter les trésors opalins. Et puis mourir.

Cette infortune calma ses ardeurs. Remit les choses à leur place. Il lut deux romans sentimentaux de l'Américaine Karen Dennis, où il découvrit que le désir de l'autre passe parfois par un sourire, un parfum ou même un simple regard, ainsi qu'il en fit l'expérience six mois plus tard chez Dédé la Frite, bar-tabac-articles de pêche-loto-journaux du village – c'est surtout le bar qui intéressait les pêcheurs : l'enseigne rouge Jupiler leur tenait lieu d'étoile du Berger dans les interminables et glaciales aubes hivernales et attirait les fumeurs puisque ici, la loi de 2006 ne faisait pas la loi.

Chez Dédé la Frite, il se passa cette chose toute simple : alors qu'on lui demandait ce qu'il désirait, Arthur Dreyfuss leva les yeux jusqu'aux yeux de la nouvelle serveuse. Il les trouva bouleversants, d'un gris de pluie ; il aima le son de sa voix ; son sourire ; ses gencives roses ; ses dents blanches ; son parfum ; toutes les joliesses décrites par Karen Dennis. Il oublia de regarder sa poitrine et, pour la première fois, il ne lui importa point qu'elle fût discrète ou appétissante. Morne plaine ou collines.

Il eut alors cette révélation. Il n'y avait pas que les seins dans la vie. Qui faisaient la grâce d'une femme.

Ce fut son premier coup de foudre. Et sa première extrasystole auriculaire – une sorte d'arythmie cardiaque.

Mais il ne se passa rien avec la nouvelle serveuse susmentionnée parce qu'il ne servirait à rien de commencer une histoire d'amour par la fin et surtout parce que la serveuse aux yeux de pluie avait un amoureux : un routier qui faisait la Belgique et la Hollande, un gars carré, costaud, petites mains broyeuses, un trapu au biceps sérieux sur lequel était tatoué le prénom de l'adorable : Éloïse ; un propriétaire, un possessif. Arthur Dreyfuss ne connaissait du karaté et autres chinoiseries que les préceptes du maître aveugle dans *Kung Fu* (inoubliable maître Po) et le cri sauvage de Pierre Richard dans *Le Retour du grand blond* (Yves Robert). Il préféra donc oublier la poésie du visage d'Éloïse, le gris humide de ses yeux, le rose de ses gencives ; il ne vint plus prendre son café le matin, et arrêta même le tabac pour ne pas courir le risque de croiser le routier jaloux.

En résumé de ce premier chapitre, à cause d'un routier râblé et soupçonneux, d'une vie dans la petite commune de Long, 687 habitants, appelés Longiniens, sise dans la Somme (son château du XVIIIᵉ, son clocher de l'église – *sic* –, ses feux de la Saint-Jean, son orgue Cavaillé-Coll et ses marais entretenus écologiquement par quelques chevaux camarguais importés), à cause d'un métier de garagiste qui fait les doigts gras et noirs, Arthur Dreyfuss, vingt ans, bien que beau garçon – Éloïse l'avait comparé à Ryan Gosling, mais *en mieux* – vivait seul dans une petite maison isolée, à la sortie du village, en retrait de la départementale 32 qui mène à Ailly-le-Haut-Clocher.

Pour ceux qui ne connaissent pas Ryan Gosling, il s'agit d'un acteur canadien né le 12 novembre 1980, dont le succès planétaire arrivera en 2011, un an après cette histoire, avec le magnifique et très noir *Drive* de Nicolas Winding Refn.

Mais qu'importe.

Le jour où commence ce livre, on frappa à sa porte.

Arthur Dreyfuss regardait un épisode des *Soprano* (saison 3, épisode 7 : « Oncle Junior se fait opérer d'un cancer à l'estomac »). Il fit un bond. Cria : c'est qui ? On frappa de nouveau. Alors il alla ouvrir. Et n'en crut pas ses yeux.

Devant lui se tenait Scarlett Johansson.

Mis à part une importante beuverie au troisième mariage de Pascal Payen, dit PP, son patron – ivrognerie qui, au passage, le plongea dans une telle hébétude qu'elle lui fit téter une orangeglo deux jours durant –, Arthur Dreyfuss ne buvait pas. Peut-être une Kro le soir, de temps en temps, devant une série télé.

On ne peut donc imputer l'hallucinante vision de Scarlett Johansson sur le pas de sa porte aux méfaits de l'alcool.

Non.

Arthur Dreyfuss avait eu jusqu'ici une vie normale. Pour faire vite et avant de retrouver l'actrice troublante : naissance en 1990 (l'année de la sortie du roman *Jurassic Park* et du bouleversant deuxième mariage d'amour de Tom Cruise avec Nicole Kidman) à la maternité Camille-Desmoulins à Amiens, préfecture de la région Picardie et chef-lieu de canton ; fils de Dreyfuss Louis-Ferdinand et de Lecardonnel Thérèse, Marie, Françoise.

Fils unique jusqu'en 1994, où arrive Dreyfuss Noiya. Noiya, qui signifie *Beauté de Dieu*.

Et à nouveau fils unique en 1996 quand Inke, le vigoureux doberman d'un voisin, confond la *Beauté de Dieu* avec l'appel de sa pâtée. Le visage et la main droite ingérés de la petite sortent de l'autre côté en crottes de *canis lupus familiaris*, abandonnées dans l'ombre tiède de la roue d'un Grand Scénic. La communauté apporte son soutien à la famille bouleversée. Arthur Dreyfuss enfant ne pleure pas parce que ses larmes font couler celles de sa mère ; lui font dire des horreurs sur le monde, la prétendue beauté des choses et l'abominable cruauté de Dieu. L'enfant à nouveau unique garde sa douleur en lui, comme des billes au fond d'une poche ; des petits morceaux de verre.

On s'apitoie ; on essuie ses mains dans ses cheveux, on chuchote *le pauvre* ou *le pauvre garçon* ou *c'est dur pour un petit comme ça*. C'est une période à la fois triste et joyeuse. Côté Dreyfuss, on mange beaucoup de bouchées aux dattes, de baklavas et de baba ganoush et, pour faire bonne mesure côté picard, de gâteaux au maroilles, de charlottes au café et à la chicorée ; le sucre fait grossir et fondre la douleur.

La famille amputée déménage, s'installe dans la petite commune de Saint-Saëns (Seine-Maritime), au pied de la forêt domaniale d'Eawy, qui se prononce *e-a-vi*, où Dreyfuss Louis-Ferdinand devient agent forestier. Certains soirs, il rentre avec des faisans, des perdreaux rouges et autres garennes que l'épouse picarde transforme en pâtés, suprêmes et civets. Il rapporte une fois la dépouille d'un renard pour en faire un manchon de fourrure (l'hiver approche), mais Lecardonnel Thérèse hurle, blême, qu'elle ne plongera jamais plus au grand jamais les mains dans un cadavre.

Un matin, comme tous les matins, part le braconnier ; sa besace et quelques pièges sur l'épaule. Sur le seuil, comme chaque matin, il lâche : *À ce soir !* Mais nul ne le revoit le soir même, ni aucun autre soir d'ailleurs. Les gendarmes alertés abandonnent les recherches au bout d'une dizaine de jours ; vous êtes certaine qu'il n'avait pas une petite connaissance à la ville, une jeunette ? Ça disparaît souvent pour ça un homme : la saucisse qui démange, une envie de gourmandise, le besoin de se sentir vivant, ça s'est vu. Nulle trace, nulle empreinte, nul corps. Lecardonnel Thérèse perd alors rapidement le peu de joie de vivre qu'il lui reste, se met goulûment au Martini le soir, à l'heure où l'agent forestier rentrait, puis de plus en plus tôt, jusqu'à commencer à l'heure extrêmement matinale où il partait. Le vermouth (18°) lui apporte d'abord beaucoup d'esprit (Arthur Dreyfuss y puisera une certaine nostalgie taiseuse) puis, petit à petit, un cafard assez redoutable qui lui fera, comme dans *La Fenêtre ouverte,* voir le fantôme de l'agent forestier réapparaître à des heures indues. Puis d'autres fantômes.

Un quadrupède carnivore.

Une actrice américaine qui jouait Cléopâtre.

De la viande autour des avant-bras.

Des paupières de poussière.

Arthur Dreyfuss pleure parfois le soir dans sa chambre lorsqu'il entend la voix triste et rauque d'Édith Piaf dans la cuisine et qu'il devine les ténèbres de sa mère. Il n'ose pas lui dire qu'il a peur de la perdre à son tour, peur de se retrouver seul. Il ne sait pas lui dire qu'il l'aime, c'est tellement difficile.

À l'école, Arthur Dreyfuss se situe dans la moyenne. C'est un camarade facile. Imbattable aux osselets, qui reviennent un temps à la mode. Les filles l'aiment bien, il est élu deuxième garçon le plus mignon de la classe ; le lauréat est un grand ténébreux, gothique, la peau diaphane, les oreilles percées çà et là, comme des pointillés à découper, un collier tatoué autour du cou (un dessin de corde torsadée, gravé à la suite d'une lecture fortement alcoolisée de *La Ballade des pendus*), et surtout, poète ; rimes péteuses, consonances vaseuses, mots idiots. Exemple : *Vivre c'est pourrir, mourir c'est pour rire*. Les filles adorent.

La seule faiblesse notoire d'Arthur Dreyfuss est en cours d'EPS : un jour, alors qu'il regarde une certaine Liane Le Goff, 80E (un bonnet hallucinant, Jayne Mansfield, Christina Hendricks) sauter au cheval d'arçons : il tombe dans les pommes.

Son supra-orbitaire claqua sur la patte métallique du cheval, la peau craqua, une larme de sang jaillit. Il fut élégamment recousu, et, depuis, garde sous le sourcil un discret souvenir du merveilleux vertige.

Il ne déteste pas lire, bien au contraire, il aime regarder des films – des séries surtout, parce qu'on a le temps de s'attacher, d'aimer les personnages, une petite famille –, il aime aussi démonter (et remonter) tout ce qui possède un moteur ou un mécanisme. On lui fera donc lire des notices de moteurs et de mécanismes. L'école lui trouvera un stage chez Pascal Payen, dit PP, garagiste multi-marques à Long, où il découvrira un jour un livre de poésie et un métier passionnant qui fait les doigts gras et noirs ; fait dire aux dames en panne qu'il dépanne : tu es un génie mon chou, et beau gars avec ça, et aux messieurs en panne qu'il dépanne : plus vite mon garçon, j'ai pas que ça à foutre ; un métier qui lui rapporte assez vite de quoi acheter à crédit une petite maison (deux étages, 67 mètres carrés) à la sortie du village, en retrait de la D32 qui mène à Ailly-le-Haut-Clocher où, les jours de grand vent, la boulangerie Leguiff embaume le pays de parfums de croissants chauds et de brioches à la vergeoise rousse – mais il n'y aura aucun vent le matin tragique –, une petite maison à la porte de laquelle frappera un jour Scarlett Johansson.

La revoilà ; enfin.

Scarlett Johansson semblait épuisée.

Ses cheveux, entre deux couleurs, étaient en bataille. Se déroulaient, coulaient, lourds, comme au ralenti. Sa bouche pulpeuse ne portait pas son fameux gloss. Le rimmel avait glissé sous ses yeux comme du fusain, y dessinait des cernes cafardeux. Et pour le malheur d'Arthur Dreyfuss, elle portait un pull lâche. Un pull comme un sac, une injustice : il ne révélait rien des formes de l'actrice que chacun sait envoûtantes ; ensorcelantes même.

Elle tenait au bout du bras un cabas Vuitton aux couleurs acidulées qui faisait l'effet d'une contrefaçon.

Quant à Arthur Dreyfuss, il portait sa tenue série télé favorite : marcel blanc et caleçon Schtroumpfs ; loin de l'image de Ryan Gosling *en mieux*. Quoique.

Pourtant, à la seconde même où ils se virent, ils se sourirent.

Se trouvèrent-ils beaux ? Rassurants ? S'était-il attendu, lorsqu'on frappa à la porte, à une urgence, un joint de culasse qui aurait cédé, une bielle cassée, un problème de débitmètre ? S'était-elle attendue,

lorsqu'on lui ouvrit la porte, à un pervers, une verru-
queuse, une vieille frimousse ? Toujours est-il que
ces deux-là, improbables, se sourirent, comme à une
bonne surprise, et que, de la bouche desséchée
d'Arthur Dreyfuss, qui encaissait alors son second
coup de foudre (mains moites, tachycardie, perles
de transpiration, petits scalpels glacials dans le
dos, langue râpeuse, collante), de sa bouche s'envola
un mot inconnu.

Comine.

(À l'intention des lecteurs linguistes exigeants et
autres géographes amateurs, il convient de préciser
qu'il existe effectivement une ville qui porte le nom
de Comines, sise dans le canton de Quesnoy-sur-Deûle,
dans le Nord, près de la frontière belge – probablement une petite ville assez léthargique, on y
dénombre pas moins de cinq comités des fêtes pour
tenter de la secouer –, mais elle n'a rien à voir dans
cette histoire.)

Instinctivement, le *comine* timide d'Arthur Dreyfuss
lui sembla, à la seconde où il découvrit Scarlett
Johansson au seuil de sa porte, la chose la plus cen-
sée, la plus polie, la plus jolie à dire puisque, d'après
le sous-titre qui l'accompagne dans les séries télé qu'il
regarde en V.O., cela signifie *entrez*.

Et quel homme au monde, même en marcel et
caleçon Schtroumpfs, n'aurait pas dit *entrez* à
l'actrice phénoménale de *Lost in Translation* ?

L'actrice phénoménale chuchota *Thank you*, faisant apparaître le bout rose de sa langue entre ses
lèvres sur le *th*, et entra.

En refermant doucement la porte, les mains moites, le cœur soudain pris d'une nouvelle extrasystole auriculaire – oui, il allait mourir, oui, il *pouvait* mourir désormais –, il regarda furtivement au-dehors pour voir s'il y avait des caméras et/ou des *bodigardes* et/ou une méchante farce de la télévision, puis verrouilla la porte, si peu rassuré qu'il fût.

Deux ans plus tôt, la gendarmerie avait fait déposer chez PP la carcasse d'une Peugeot 406 qui venait de faire cinq tonneaux sur la D112, à la hauteur de Cocquerel (situé à 2,42 kilomètres de Long pour un oiseau), à fin d'expertise.

C'était la nuit.

Le conducteur roulait vite ; avait, semble-t-il, perdu le contrôle, piégé par l'humidité traîtresse, comme une algue translucide, suintante, sur l'asphalte cabossé de la départementale qui longeait les Étangs des Provisions. Les deux occupants de l'auto avaient été tués sur le coup. Les pompiers durent couper les jambes de l'homme pour l'extraire de l'habitacle. Quant à la passagère, son visage s'était écrasé sur le pare-brise et, dans l'étoile de verre, furent emprisonnées une mèche de cheveux blonds et une dragée de sang. Arthur Dreyfuss avait examiné l'intérieur de l'épave à la demande de PP et trouvé sous le siège passager un livre de poésie. Il l'avait aussitôt, comme par réflexe, fait disparaître dans l'une des grandes poches de sa salopette. Qu'est-ce qu'un livre de poésie faisait dans une voiture où deux personnes venaient de mourir ? Lui lisait-elle un poème quand la voiture s'était envolée ? Qui étaient-ils ? Se quittaient-ils ? Se retrouvaient-ils ? Avaient-ils décidé d'en finir ensemble ?

Le soir même, seul dans sa petite maison, il avait ouvert le livre. Ses doigts tremblaient doucement. Le recueil avait pour titre *Exister*, et l'auteur était un certain Jean Follain. Beaucoup de blanc sur chaque page et, au milieu, des lignes courtes, des petits sillons creusés par le soc des lettres. Il y lut des mots simples qui semblaient décrire des choses très profondes ; comme ceux-ci, qui lui évoquèrent son père :

> *(…) et sous son bras déjà fort*
> *sans rien regarder des arbres*
> *il tenait farouchement*
> *les figures du monde entier*[1].

Ceux-là, qui parlaient de Noïya et de leur mère :

> *(…) puis voici celle qui mourra jeune*
> *et celle dont sera seul le corps*[2].

Il n'y eut aucun mot qu'il ne comprit pas mais leur ordonnancement l'émerveilla au plus haut point. Il eut alors un sentiment confus selon lequel des mots qu'il connaissait, emperlés d'une certaine manière,

---

1. « L'Atlas », *Exister* suivi de *Territoires*, Jean Follain, Gallimard, 1969.

2. « Les Enfants », *Exister* suivi de *Territoires*, Jean Follain, Gallimard, 1969.

étaient capables de modifier la perception du monde. Saluer la grâce ordinaire, par exemple. Ennoblir la simplicité.

Il goûta d'autres assemblages merveilleux de mots au fil des pages, au fil des mois, et pensa qu'ils étaient des cadeaux pour apprivoiser l'extraordinaire, si d'aventure il frappait un jour à votre porte.

Comme ce mercredi 15 septembre 2010 à 19 h 47, où l'étourdissante Scarlett Johansson, comédienne américaine née le 22 novembre 1984 à New York, se tient soudain devant vous, Arthur Dreyfuss, garagiste français, Longinien et estomaqué, né en 1990.

Comment cela fut-il possible ?

Pourquoi les mots de la poésie ne vinrent-ils pas ? Pourquoi les rêves paralysent lorsqu'ils arrivent ? Pourquoi la première chose qu'Arthur Dreyfuss fut capable de demander était si elle parlait français ? Parce que pour moi, ajouta-t-il lentement en rougissant et en français, l'anglais, c'est du chinois.

Scarlett Johansson releva la tête dans un mouvement gracieux et lui répondit, presque sans accent, ou alors quelque chose de tout à fait subtil, délicieux, une mignardise Ladurée, un accent à la croisée de celui de Romy Schneider et de Jane Birkin : oui, je parle français, comme mon amie Jodie. Jodie Foster ! s'exclama un Arthur Dreyfuss très impressionné, vous connaissez Jodie Foster ! avant de hausser les épaules et de murmurer, comme pour lui-même, bien sûr, bien sûr, qu'est-ce que je suis bête ; parce que, dans ce genre de rencontre, au tout

début, l'intelligence l'emporte rarement sur la stupé-
faction.

Mais les femmes possèdent ce don de pouvoir
repêcher les hommes, de les porter haut dans leurs
bras ; de les rassurer sur eux-mêmes.

Scarlett Johansson lui sourit, puis, dans un soupir
tiède, ôta son pull ample, tricoté main, point
palourde, avec grâce, à la manière de Grace Kelly
justement, dans *Fenêtre sur cour*, sortant d'un minuscule sac à main sa chemise de nuit en mousseline. Il
fait bon chez vous, murmura l'actrice. Le cœur du
garagiste s'emballa de nouveau. Bien que très légèrement vêtu, ce fut lui qui eut chaud soudain. Il ferma
un instant les yeux, comme au cœur d'un vertige,
quelque chose de doux, de terrifiant à la fois ; sa
mère qui dansait dénudée dans la cuisine. Lorsqu'il
les rouvrit, la New-Yorkaise portait un petit bustier
serré, blanc perlé, soyeux, bretelles en dentelle, qui
enveloppait, comme un gant, sa poitrine (il croisa ses
jambes nues, contint un début d'érection), mais
aussi, et le garagiste en fut presque choqué, touché :
un petit bourrelet gourmand à la hauteur du nom-
bril ; un petit anneau cuivré comme un donut bien
dodu. Il fait bon chez vous, murmura l'actrice. Oui,
oui, balbutia Arthur Dreyfuss, en regrettant soudain
l'absence de bons dialoguistes dans la vraie vie ; un
monologue viril de Michel Audiard, quelques
répliques efficaces d'Henri Jeanson.

Puis ils se regardèrent à nouveau ; lui, un peu
pâle, montant à l'écarlate ; elle, le teint redoutable-
ment rose, petite Barbie parfaite. Ils toussèrent en
même temps et, en même temps, chacun commença

une phrase. À vous, dit-il, non, je vous en prie, dit-elle. Il toussa encore un peu, histoire de gagner du temps, de rassembler ses mots, puis de les assembler en une jolie phrase, comme le poète. Mais l'âme du garagiste l'emporta. Vous… vous êtes en panne ? demanda-t-il. Scarlett Johansson éclata de rire. Dieu que son rire est beau, pensa-t-il, et ses dents blanches. Non, je ne suis pas en panne. Parce que je travaille dans un garage et que… je dépanne les gens. *I didn't know*, dit-elle. Enfin, les voitures, je veux dire, je dépanne les voitures. Je n'ai pas de voiture, dit-elle, pas ici. Je suis venue en car. Là-bas, à Los Angeles, j'ai une *hybrid* comme tout le monde mais ça ne tombe jamais en panne parce qu'il n'y a pas vraiment de moteur.

Alors le fils du père silencieux, le père au corps disparu, rassembla ses forces d'homme naissant, se leva et, d'une voix qui ne trembla presque pas :

— Qu'est-ce que vous faites ici, Scarlett ? Pardon. Je veux dire madame.

Petit rappel.

Celle qui remporta le titre de « plus belle poitrine d'Hollywood », décerné par la chaîne américaine Access Hollywood (pour les curieux et les amateurs, Salma Hayek arriva en deuxième position, Halle Berry en troisième, Jessica Simpson en quatrième et Jennifer Love Hewitt en cinquième), vécut une *love story* et pratiqua le sexe tantrique avec l'acteur Josh Hartnett de 2004 à 2006.

Puis, en 2007, dans un cinéma de New York, elle rencontra Ryan Reynolds.

L'idylle commença.

Pour les trente et un ans de son nouvel amour, Scarlett Johansson (alors âgée de vingt-trois ans) lui offrit la dent de sagesse qu'il s'était fait arracher, non sans l'avoir préalablement fait tremper dans de l'or, de façon à ce qu'il la monte en collier ; c'était plus chic, tellement plus *trendy* qu'une dent de requin. Que ceux qui pensent qu'un tel cadeau pouvait discréditer l'élégance d'un amour naissant reconnaissent leur erreur : en mai 2008, les deux tourtereaux se fiancèrent, au grand dam de maman Scarlett,

Melanie. L'actrice plantureuse n'avait-elle pas, en janvier 2008, juré ses grands dieux qu'elle n'était pas prête pour le mariage ? « *I am not ready for the Big Day.* » Qu'importe. En septembre 2008, le Canadien épousa l'Américaine à Vancouver. Le couple fila le parfait amour et si l'amour dure trois ans, dans celui qui nous intéresse, il battit de l'aile bien avant.

Je n'en pouvais plus, poursuivit alors Scarlett Johansson, tandis qu'Arthur Dreyfuss, après lui avoir servi deux tasses de Ricoré, était passé à la Kro ; je n'en pouvais plus, répéta-t-elle, je voulais un peu d'air frais, alors je suis venue ici pour le festival de Deauville sans mon mari. Mais Deauville est à 180 kilomètres d'ici ! lâcha un Arthur Dreyfuss contrarié. Je sais bien, mais en arrivant à Deauville, j'ai eu peur, confessa-t-elle, la voix soudain plus grave. Je ne voulais pas me retrouver à nouveau sous les *spotlights* (elle prononça *spotlights* comme on suce un bonbon ; une petite bulle de salive qui éclate sur la lèvre), d'autant que je n'ai pas de film en compétition. J'ai pris un car, je voulais aller au Touquet, incognito, descendre dans un petit hôtel et voilà. Et voilà quoi ? Et voilà, je suis là. Mais ce n'est pas le Touquet ici, c'est Long ; il y a des étangs ici, des naucores qui dansent sur l'eau la nuit, des bruits de bêtes, des hululements, mais pas la mer.

You're so cute.

Scarlett Johansson venait, en septembre 2010, de faire une fugue parce que son couple battait de l'aile. (Elle divorcera d'avec Ryan Reynolds en décembre de la même année, et déclarera deux ans plus tard au magazine *Vogue* : « Ne plus avoir sa moitié à côté en permanence, ça fait bizarre. »)

Scarlett Johansson avait alors eu l'idée de se rendre au 36ᵉ Festival du cinéma américain de Deauville et, au dernier moment, avait bifurqué.

Comme beaucoup de gens malheureux qui veulent se perdre pour qu'on les retrouve.

Des histoires de veines mal coupées, de médicaments mal dosés. Des appels, toujours ; des cris. Et pour finir, un filet de voix qu'on ne comprend pas et qui s'égare.

Arthur Dreyfuss, magnifique en marcel et caleçon Schtroumpfs, ouvrit une nouvelle Kro, la lui offrit cette fois, et posa à nouveau sa question : *Qu'est-ce que vous faites ici, Scarlett ?*

— Je veux disparaître quelques jours.

Dehors, c'est le jour qui disparaissait.

Cet aveu bouleversa Arthur Dreyfuss.

En deux secondes, sa décision fut prise. Il allait aider, protéger, cacher et sauver l'actrice malheureuse. Il allait prendre soin de la vedette incognito. La fugueuse magnifique. Il allait être un héros, comme au cinéma, un type bien ; celui, solide et étanche, sur l'épaule duquel les inaccessibles pleurent, confessent leurs tragédies et dont elles finissent par tomber amoureuses, après mille détours.

Et tant pis si sa vie allait en être transformée.

Il offrit alors à la *plus belle poitrine d'Hollywood* de prendre son lit, il se contenterait du canapé.

Il lui fit faire le (minuscule) tour de la maison. Ici, au rez-de-chaussée, le salon et la cuisine. Un canapé trois places Ektorp (Ikea), il n'y avait que quarante euros de différence avec le deux places, précisa-t-il ; il faisait beau alors on l'a monté dehors avec PP, mon patron, mais une fois fini, avec les accoudoirs, il ne passait pas et PP, fou de rage, a démonté la porte, finalement en poussant il est passé mais ça a arraché le tissu derrière – heureusement, ça ne se voit pas trop ; un fauteuil usé en osier, une table et beaucoup de désordre, vaisselle sale, etc. Je ne vous attendais pas aujourd'hui, s'excusa-t-il en riant. Elle rosit. Au premier étage, la salle de bains, carrelage bleu pâle, un bleu de petit garçon, une baignoire en fonte, énorme, mini paquebot dans la mer carrelée. Passons le W.-C., les slips, les chaussettes ; hop, hop, c'est rangé. Voici deux serviettes propres, j'en ai d'autres si vous avez besoin ; tenez, un gant de toilette qui n'a jamais été utilisé, mais, euh, ça ne veut pas dire que je ne, elle sourit, craquante, compréhensive, du shampooing et un savon neuf, à l'huile d'amande douce, regardez, c'est marqué là. Au second, sa chambre de garçon, une petite fenêtre, et, au-delà, la nuit qui tombait, la lune, les paréidolies menaçantes. Aux murs : posters de Michael Schumacher, Ayrton Senna, Denise Richards, Megan Fox nue, Whitney Houston ; dessin de coupe du V10 d'une Dodge Viper et d'un flat-6 de 911.

Tu n'as pas ma photo ? demanda-t-elle un brin mutine alors qu'il changeait les draps. Il rougit.

Elle l'aida à faire le lit, et cette situation le perturba un instant parce qu'il n'existe pas d'homme sur cette terre qui ne rêverait pas de *défaire* plutôt son lit avec Scarlett Johansson. Je sais à quoi tu penses, chuchota-t-elle, et ça me touche, et je te remercie, et il lui sourit timidement parce qu'il ne sut pas très bien comment interpréter ce chuchotement.

Avant de la laisser, de rejoindre son canapé Ektorp trois places, il lui demanda ce qu'elle aimait avoir au petit déjeuner (un café américain et un croissant français, *please*), puis ils se souhaitèrent bonne nuit le plus naturellement du monde, et cette intimité inattendue (Bonne nuit, *Good night*) si elle le rendit un instant heureux, le chagrina pour tout ce qu'il pressentit avoir perdu dans le désordre de son enfance.

Cette tendresse confortable ; désintéressée.

Bien sûr, Arthur Dreyfuss ne dormit pas très bien. Comment voulez-vous.

Vous avez entendu l'eau couler dans la salle de bains. Imaginé l'eau recueillie au creux de sa main, sa main dans son cou, sur sa gorge ; l'eau qui glisse sur sa peau ; le grain de la peau qui se resserre, qui a froid. Maintenant, Scarlett Johansson est deux étages au-dessus de vous, dans votre lit, dans vos draps, nue peut-être ; rien ne vous sépare que les trente-neuf marches de l'escalier. Il n'y a même pas de verrou à la porte de votre chambre. Il n'y a pas de voisin. Personne n'entendrait crier. Il n'y a pas non plus de bruit d'hélicoptère, pas de poursuites aveuglantes, pas de monstrueux 4 × 4 noirs comme des ombres dans les films américains ; rien qui indique une chasse à la célébrissime fugueuse, rien qui évoque une blague. Tout est vrai. Terriblement vrai.

Il n'y a que le silence.

Ce silence la nuit qui effraie les villageois à cause de la proximité des étangs, des ombres mouvantes, de la lune qui éclaire les mensonges des hommes, à cause des légendes, d'un braconnier disparu, d'une bête peut-être, une de celles dont Follain écrivait : *Toutes les bêtes de son espèce/vivent en elle*[1].

1. « La Bête », *Exister*, Jean Follain, Gallimard, 1947.

Il n'y a que le silence.

Il n'y a que votre désir.

Votre peur. Vos doigts moites. Votre incompréhension aussi, qui affleure, teintée de malaise, une imprévisible colère contre la déraison : mais qu'est-ce qu'elle fait là, c'est pas possible, pas possible. Il y a la sagesse qui s'insinue, lutte, se fraye un chemin dans la brutalité, dans le chaos ; vous vous raccrochez à n'importe quoi : c'est la télé, ça ne peut être que ça, une filouterie de François Damiens, une nouvelle émission de Ruquier, le retour de Dominique Cantien peut-être. La folie menace ; sourde. Ça n'existe pas, un rêve, une étoile semblable qui devient chair, poids et sang. Vous savez que ça n'existe pas, Scarlett Johansson qui sonne chez vous et vous sourit et dort dans vos draps. Il y a forcément une explication. Comme pour les prestidigitateurs qui découpent les jambes de jolies femmes, décollent des têtes, ressuscitent des colombes démembrées en riant.

Et puis les heures passent. Et vous vous décidez à. Mais votre lâcheté l'emporte, aucun homme n'aime se prendre une gamelle. Puis le doute s'en mêle (et si, et si elle ne disait pas non). Finalement, vous montez doucement, sur la pointe des pieds. Vous évitez les septième, treizième, quinzième, vingt-deuxième et vingt-troisième marches parce qu'elles grincent, la huitième parce qu'elle couine comme une souris prise au piège, et que vous ne voulez pas courir le risque de passer pour un voyou. Mais soudain vos craintes s'apaisent. Vous l'entendez respirer, un doux, très doux ronflement, comme le ronronnement du chat qui vient de se farcir la souris évoquée ci-dessus. Alors vous êtes ému par sa faiblesse. Sa fragilité. Et pour un instant, Scarlett Johansson, *la fille qui est dans votre lit*, n'est plus la bombe sexuelle mondiale mais une fille qui dort.

Juste une fille qui dort. Juste cette beauté-là.

Arthur Dreyfuss redescendit lentement, somnambule ; évita les marches traîtresses et s'effondra sur le canapé.

Tu ferais quoi à ma place papa. Tu ferais quoi. Parle-moi, dis-moi ; où es-tu ? Viens-tu me voir parfois la nuit, penses-tu encore à moi.

Nous as-tu quittés ou t'es-tu perdu ?

Dans la matinée, au garage de PP, il eut à vidanger et vérifier les niveaux d'une Clio, changer les segments d'un piston pour une 205 GTI de 1986 (une antiquité) et contrôler le parallélisme d'une Toyota Starlet. Starlet, le nom le fit sourire.

Un garage comme tous les garages de village. Une grande porte en bois, *Station Payen* en longues lettres peintes délavées ; à l'intérieur, une fosse mécanique, un pont, des dizaines de pneus crevés, de bidons d'huile brillants, de la crasse, des outils gras, des empreintes digitales poisseuses, partout, sur les murs, les emballages des ampoules Varta ; quelques plaques émaillées, Veedol, Olazur, Essolube et une pompe de Solexine (carburant autolubrifiant) obsolète. Sous une bâche, dans le fond, une Aronde 1300 Week-End de 1956 que PP se jurait de restaurer un jour et que chaque jour grignotait la rouille.

Comme elle grignote les âmes de ceux qui ne réalisent pas leurs rêves.

Au milieu de la matinée, Arthur Dreyfuss profita d'un petit tour de vérification de la Starlet pour passer devant chez lui incognito et voir si Scarlett

Johansson était toujours là. S'il avait rêvé. S'il y avait des journalistes. Une émeute. Lorsqu'il vit la stupéfiante silhouette passer, repasser devant la fenêtre de sa cuisine sans personne devant la maison, son cœur s'emballa (fit *Boum/Quand notre cœur fait boum/Tout avec lui dit boum*) et il fut heureux.

Vers 13 heures, après avoir mangé un sandwich qu'on lui apportait du bar-tabac-articles de pêche-loto-journaux où il ne mettait plus les pieds à cause des yeux pluvieux d'Éloïse et de la sourde menace du routier trapu, il demanda à PP s'il pouvait se servir de l'ordinateur du bureau : j'ai des recherches à faire sur une roue de compression pour un turbo.

Sur Google, il tapa « Scarlett Johansson ».

Le 6 septembre, elle avait assisté aux États-Unis à une séance de photos publicitaires pour la marque Mango.

Le 8 septembre, elle avait été aperçue, embarquant à l'aéroport de Los Angeles.

Le 14, on la vit à Roissy, lunettes, chapeau et leggings noirs ; châle gris. Le même jour, elle avait été présente à Épernay à la soirée *Tribute to heritage* organisée par Moët et Chandon ; elle y avait porté une robe Vuitton et avait été photographiée, entre autres, aux côtés d'Arjun Rampal (joli acteur indien, vedette de *Humko Tumse Pyaar Hai* et *Om Shanti Om*).

Puis plus rien.

Le 15 septembre au soir, elle avait frappé chez Arthur Dreyfuss, mais cela, Internet ne le mentionnait pas.

Puis il tapa « Deauville, festival, film, américain ».

Le festival s'était achevé trois jours plus tôt, le 12 septembre, et sa présidente, Emmanuelle Béart, avait annoncé le film lauréat (*Mother and Child* de Rodrigo Garcia, l'histoire d'une gamine, Karen, tombée enceinte à quatorze ans) puis donné rendez-vous à tout le monde pour l'année suivante. Alors, après avoir refermé la page d'accueil et avant de retourner à sa roue de compression et autres carter palier, deux questions se posèrent au garagiste.

Pourquoi Scarlett Johansson avait-elle menti à propos de Deauville ?

Comment ses cheveux avaient-ils poussé de dix bons centimètres en un jour ?

Lorsqu'il rentra le soir même, peut-être parce qu'il avait trouvé des réponses aux deux questions précédentes, Arthur était assez nerveux. Scarlett Johansson était toujours là ; elle avait mis de l'ordre dans la petite maison, probablement regardé la télévision, c'est long une journée à ne rien faire (surtout à Long).

Elle avait préparé des pâtes au fromage.

De la *comfort food*, dit-elle ; c'est ce qu'on mange aux États-Unis, en famille, quand on veut se sentir bien, quand il fait froid ou qu'on a un peu le cafard. C'est de la nourriture *confortable*, comme l'enfance. Comme une couverture tiède ; les bras de quelqu'un qui manque.

Arthur Dreyfuss se demanda si son enfance lui manquait. Il pensa bien sûr à sa petite sœur Noiya, qui n'avait pas eu le temps de prononcer correctement son prénom – juste celui de dire *a-ture*, *a-ture*, davantage comme elle aurait dit voiture plutôt qu'Arthur. Il pensa à sa mère qui dansait en écoutant Édith Piaf ; au vermouth qui faisait alors des vagues furieuses dans sa main. Il pensa à son père disparu, envolé, perché quelque part, sans doute sur la branche d'un merisier. Il pensa que son enfance avait été si courte, si vide et triste qu'elle ne lui manquait peut-être plus vraiment, une ancienne amputation ; sauf parfois ces quelques heures matinales et froides aux étangs de la Catiche ou de Dix, dans le silence de son père, dans ses rassurantes odeurs d'homme, quand le membre amputé le démangeait.

Bien qu'il commençât à se faire à l'idée surréaliste que Scarlett Johansson avait fugué et atterri chez lui (comment ? pour quelle raison ?), il trouva quand même extrêmement déconcertant (très excitant aussi) d'y être accueilli par la star aux quatre nominations aux Golden Globes, au People's Choice Award 2007, aux deux Chlotrudis Awards, lauréate du titre de Femme de l'année 2007 décerné par le Hasty Pudding Theatricals, lauréate du Venice Film Festival 2003, du Gotham Awards 2008, etc., un torchon de cuisine aux motifs de champignons de Paris noué à la taille en guise de tablier, s'apprêtant à enfourner des pâtes au fromage.

Quelque chose ne va pas ? demanda-t-elle, la bouche gourmande. Tu n'as pas faim ? Si. Si, ça va, balbutia Arthur Dreyfuss. J'ai juste l'impression d'être à côté de moi, à côté de mon corps ; dans une autre vie je veux dire. Ça ne te plaît pas ? Si. Ça te fait peur alors ? Oui, un peu. C'est irréel. Le plus curieux, c'est qu'il n'y a pas une foule d'hystériques dehors, pas de journalistes, de fans, de fous qui veulent te voir, te toucher, se battre pour être sur une photo avec toi. Parce que c'est un *trou dou cou* ici, dit-elle, délicatement aguicheuse. Il sourit. Tu connais « trou du cul » ? Oui. C'est même là où on disparaît le mieux. Qui aurait l'idée de venir me chercher ici Arthur ? L'argument porta. Arthur s'assit sur l'accoudoir de l'Ektorp. Je suis juste venue ici pour oublier tout ça. Oublier toute cette pression, Ryan (Reynolds, son mari), oublier mon agent, oublier Melanie, *my mom* ; des larmes montèrent à ses yeux ; je voulais juste quelques jours d'une vie normale. Juste quelques jours. Être une fille comme les autres, une fois dans ma vie. Une fille banale, presque *boring*. Comme celles qui font les promotions au rayon *chicken* de Walmart. Qu'on m'oublie quelques jours. *Miss Nobody*. Surtout plus Scarlett Johansson. Tu peux comprendre ça. Je veux pouvoir sortir sans maquillage, avec le même tee-shirt que la veille, un bonnet péruvien sur la tête, sans craindre de me retrouver sur la *cover* d'un people pourri avec un titre du genre *Scarlett Johansson plonge dans la dépression.*

Elle essuya les larmes claires qui coulaient jusqu'à son menton.

Je veux juste être tranquille quelques jours Arthur. *Just that.* Être moi, sans les apparences. Les illusions. C'est quand même pas demander la lune, ça.

Just that.

Alors, Arthur Dreyfuss, qui n'y connaissait pas grand-chose à la tendresse, se releva, fit un pas et la prit dans ses bras. Il s'aperçut à cet instant qu'elle n'était pas très grande mais que sa poitrine l'était puisque, à distance raisonnable, polie, elle lui touchait le torse. L'actrice sanglota un bon moment. Elle prononça quelques mots en anglais auxquels Arthur Dreyfuss ne comprit rien, sauf un *fed up* qu'il lui sembla avoir déjà entendu et vu sous-titré par « ras le bol » dans *24 heures chrono* et « ras le cul » dans *Sur écoute*, alors il songea que c'était lui qui n'avait pas de bol (ou de cul) parce que lorsqu'un rêve érotique débarque dans votre vie, gratte à votre porte, on s'attend à ce qu'il vous aime et vous embrasse, vous ravisse, vous tue, et non pas qu'il pleure, déprimé, sur votre épaule de garagiste.

On s'attend à la lumière et à la grâce.

Il pensa à un petit assemblage de mots et sourit. Un jour, il oserait. *S'appuyant au bras de sa fille/portant le poids de sa beauté/traquée à l'abri du corset*[1].

Ils mangèrent les pâtes et Scarlett Johansson retrouva son entrain, ses pommettes hautes et brillantes.

Elle parla de Woody Allen, « l'homme le plus sexy de la planète », je n'ai jamais autant ri de ma vie avec quelqu'un ; de Penelope Cruz, c'est ma sœur, *my soul mate,* je l'adore ; de son sixième rôle à treize ans (!) : celui de Grace MacLean dans *L'homme qui murmurait à l'oreille des chevaux*, j'étais amoureuse de Robert (Redford) et Sam (Neill) de moi ; de « ses filles » (c'est ainsi qu'elle surnommait ses seins), que lui enviait Natalie Portman. Elle rit et Arthur Dreyfuss la trouva belle dans son rire, même s'il pensa sans encore pouvoir en dresser toute la liste

1. « Aux choses lentes », *Exister*, Jean Follain, Gallimard, 1947.

qu'il y avait au moins mille choses plus extraordinaires à faire avec Scarlett Johansson que de manger des pâtes au fromage : lui lire quelques poèmes, caresser le lobe de ses oreilles, éradiquer préventivement la race des dobermans et autres rottweilers, chercher des prénoms d'enfants, chatouiller son petit donut doré, lui faire essayer de la lingerie, choisir une île déserte pour y vivre à deux, la coiffer en écoutant une chanson de Neil Young, déguster des macarons à la violette ou à la réglisse, etc.

Elle évoqua son grand-père danois, Ejner, scénariste et réalisateur (*En maler og hans by*), puis Karsten, son père architecte, et Arthur Dreyfuss ne put s'empêcher de penser à son propre père qui n'était jamais rentré.

Elle parla et mangea beaucoup. On eût dit qu'elle se rattrapait, se vengeait du « Régime Hollywood » (dit *Beverly Hills Diet*, à base de fruits et de légumes) de Julie Mazel, qu'elle prenait une revanche sur tous les efforts consentis pour être devenue à vingt-sept ans l'une des femmes les plus glamour du monde. Une blonde aux plus de soixante-dix millions de pages sur Google. Pourtant, Arthur Dreyfuss (qui n'avait pas l'habitude de boire plusieurs Kro le même soir) lui trouva le nez un peu fort, le menton pointu, la bouche un peu épaisse, la peau brillante, la poitrine ahurissante. Tu ne m'écoutes pas Arthur ? Si, si, bredouilla-t-il en reposant sa fourchette ; en fait, même avec Éloïse aux yeux de pluie chez Dédé la Frite, les mots n'étaient pas venus facilement, je, je, c'est hallucinant que tu sois là, Scarlett, c'est. C'est pour moi que c'est hallucinant, le coupa-t-elle ; c'est le premier soir depuis longtemps où j'ai enfin la paix, où je mange autant de pâtes que je veux sans que quelqu'un me dise : *be careful*, tu prends vite Scarlett, *you know that*, et pour perdre, c'est long, très long. Le premier soir depuis si longtemps où je peux lécher mes doigts sans qu'on me dise ça ne se fait pas Scarlett, c'est vulgaire, une bouche, un doigt, c'est obscène ; tout ça avec un garçon *super super cute* qui ne cherche pas à tout prix à me sauter dessus, qui n'a pas les yeux rivés à ma poitrine, comme un benêt. On dit benêt ?

Arthur Dreyfuss rougit et se sentit un peu blessé parce qu'il avait quand même, la nuit dernière, deux étages plus bas, eu sacrément envie de lui sauter dessus et encore toute la matinée au garage ; oui, même si elle avait un long nez, un menton pointu, un bourrelet de donut et ce petit bouton noir près de l'oreille droite, qui était apparu, comme un bouton de fleur ; une minuscule orchidée sombre, éclose un peu plus tôt dans la soirée.

Quand il débarrassa la table, elle lui dit merci et il en fut tout retourné. L'une des plus belles filles du monde était dans sa cuisine, incognito, et elle lui disait merci ; merci pour les pâtes, merci pour la bière, cette discussion sans grand intérêt.

Il n'osa plus trop parler de peur de gâcher ce beau moment.

Il fit la vaisselle tandis qu'elle examinait ses DVD bien rangés : moi aussi j'aime les séries, dit-elle, c'est comme une famille quand on n'en a plus, des petites retrouvailles chaque soir ; *Les Soprano*, bien sûr, *I looooove it*, dit-elle, la série des *24*, *Sur écoute*,

The Shield, *La Grande Évasion*, *Matrix*, *La Dolce Vita*
(pas la version de Fellini, mais celle d'un certain
Mario Salieri, avec Katsumi et Rita Faltoyano, pro-
duite par le toujours sémillant Marc Dorcel) ; oh !
lâcha-t-il en lâchant l'assiette qui se brisa dans
l'évier, ce n'est pas à moi, je, je, rendre, dois le
rendre, un copain, au garage ; les mains couvertes de
mousse, il tenta de s'emparer du DVD malicieux,
elle l'en empêcha ; ils furent soudain comme deux
enfants, joueurs, innocents, un peu bêtes même ;
rends-le-moi ! Non ! Non ! Rends-le ! Viens le chercher ! *Come, come*, et ils rirent et tout fut soudain si
simple.

Arthur Dreyfuss n'avait rien dit.

Il voulait *un jour* avec elle encore, *deux jours, huit
jours*. Comme dans la chanson de Piaf.

— Dis-moi, PP, tu ferais quoi si Angelina Jolie débarquait chez toi ?

Le visage de PP (qui ressemblait à l'acteur Gene Hackman – jeune, époque *French Connection*, *L'Épouvantail*) apparut en glissant de dessous une Peugeot 605, tout sourire. Ma femme serait à la maison ? Arthur Dreyfuss haussa les épaules. Arrête, je suis sérieux, PP. T'es sorti, hier soir, mon petit Arthur, t'as un peu bu ? Nouveau haussement d'épaules. Disons que j'essaierais de la sauter. Pas toi ? Si, si. Dis-moi, Angelina Jolie c'est bien celle qui jouait dans *Tomb Raider* ? Ouais. Alors je tomberais raide, ah, ah, ah ! Raide, elle est bonne celle-là ! Sérieux, PP, tu ne te demanderais pas pourquoi elle est venue ? Alors, après le visage, ce fut le corps de PP qui apparut de dessous la voiture, gracieusement. Il se releva, et son visage taché d'huile devint grave. Il y a toujours une bonne raison aux choses, gamin. Si ton Angelina Jolie, là, venait chez moi, et bien que ça ne soit pas possible, ça serait un cadeau parce que la beauté c'est toujours un cadeau, surtout avec des seins et une bouche pareils ; ça donnerait envie de croire aux anges et à toutes ces conneries, parce qu'il y aurait qu'une seule raison pour laquelle elle viendrait. Laquelle ? demanda Arthur Dreyfuss, le cœur emballé. L'amour, mon garçon, l'amour. Maintenant, elle peut juste débarquer chez toi parce qu'elle se balade dans le coin et que son joint de culasse vient de péter, et que je te rappelle que t'es garagiste ; alors je lui réparerais son joint fissa, je lui demanderais un autographe, je l'inviterais peut-être même à boire un petit café chez Dédé, histoire de croire, pour un instant, que je suis avec elle, pour qu'on me voie avec elle, qu'on se dise tiens, PP il sort un canon, mais... mais, ça ne serait pas Angelina Jolie des fois ! Regarde Léon, PP il sort l'actrice, qu'est-ce qu'elle est bandante, et on la reconnaîtrait, et les gens seraient fous, et pour une seconde ou deux, je serais comme un dieu, ouais, comme un dieu mon gars, je serais le type à Angelina Jolie. Celui qui a tenu le ciel dans ses bras.

Une vague de tristesse reflua, qui fit frissonner Arthur Dreyfuss.

Il savait bien de quoi parlait PP. L'impossible. Ce rêve. *Le mythe de la pute*, que tous les hommes du monde convoitent et qui le choisit soudain, lui ; celle qui renonce à tous les autres : trois milliards et demi au bas mot.

Grace Kelly avait préféré le prince Rainier au comte Oleg Cassini (le couturier), à Jack Kennedy, à Bing Crosby, à Cary Grant, à Jean-Pierre Aumont, à Clark Gable, à Frank Sinatra, à Tony Curtis, à David Niven, à Ricardo Boccelli, à Anthony Havelock-Allan, à tant d'autres ; elle avait fait du débonnaire Rainier un type différent, un type unique au monde.

Elle en avait fait un dieu.

Et quand PP, la voix légèrement éraillée, confessa, après un peu de silence : tu sais Arthur, si j'étais né dans les années 1920 et que j'étais devenu le mec de Marilyn Monroe, jamais elle se serait empoisonnée avec toutes ces conneries ; je le sais. C'est pas des footballeurs, des acteurs, des présidents, des auteurs prétentieux et des gens qui s'aimaient plus qu'elle qu'il lui fallait, non ; ce dont son cœur avait besoin, c'était d'un gars simple, honnête, qui aime les autres, un garagiste, un type capable de l'emmener en auto voir des jolies choses, de baisser la capote, de lui faire respirer l'air roux d'un bel automne, de lui faire goûter la pluie, les minuscules gouttes remplies de poussière, gonflées de vent, de lui tenir la main, sans la serrer, sans l'étouffer surtout, sans chercher à la baiser sur la banquette arrière, ouais, voilà ce que j'aurais fait avec Marilyn, et voilà pourquoi elle serait morte de vieillesse avec moi, ouais ; alors Arthur Dreyfuss eut envie de pleurer.

Le troisième soir de sa vie avec Scarlett Johansson, Arthur Dreyfuss rentra à la maison avec *Vicky Cristina Barcelona* et *The Island*, les deux DVD qu'il put trouver au salon de coiffure Planchard (où l'on pouvait aussi déposer ses cartouches encre et laser à remplir), reconnaissable à son ennuyeuse façade de brique orangée, ses deux petites baies vitrées, son demi-étage de brique rouge qui semble posé en équilibre et son enseigne *Édonil – soins capillaires* toute délavée. Il apportait aussi le dîner : des roulés au fromage (encore !), deux belles assiettes de charcuterie et une bouteille de vin achetés rue du 12-novembre-1918 chez Tonnelier, boucher-charcutier-traiteur.

C'était une boucherie sans âge. Une photo à la Depardon ; avec sa façade rouge et blanche, ses lettres noires, des capitales à bâtons, sérieuses comme celles d'un cabinet de radiologie, chacune collée sur un cube blanc différent. S'il n'y avait pas eu de voitures ni de panneaux Decaux, on se serait cru en 1950. Long semblait figé dans le temps avec ses maisons basses, brique ou ciment, toits tuilés pentus, murs peints dans des couleurs joyeuses, jaune, ocre ou, comme celle-ci, d'un bleu de ciel heureux, à l'angle des rues Hotton et de l'Ancienne-École-des-Filles, sans doute pour conjurer le gris mauvais et mélancolique au-dessus des têtes ; ce gris qui empêche tous les envols.

Arthur Dreyfuss apportait de la nourriture confortable à son tour ; petit matelas à la chute qu'il allait causer.

Scarlett Johansson sembla très émue par cette si délicate attention, et se hasarda à un baiser badin sur la joue du garagiste, lequel faillit laisser choir la charcuterie, maladresse qui le rendit plus touchant encore aux yeux de la jeune actrice ; du moins le pensa-t-il.

L'actrice suggéra qu'ils fassent un petit tour dans le village avant de dîner : j'ai les jambes dans les fourmis, dit-elle en souriant, charmante, charmeuse. Arthur Dreyfuss accepta avec enthousiasme ; comme le cadeau inattendu de quelques minutes de vie supplémentaires avant un méchant verdict.

Il attendit que le soleil se fût éloigné au-delà des étangs des Provisions et des Aunais, qu'il eût dessiné des ombres confortables, épaisses ; des ombres parfaites pour l'incognito d'une vedette.

Alors ils sortirent dans l'immobilité longinienne, frissonnèrent dans l'humidité moite des marais. Le village est petit. Entre le château, la centrale hydroélectrique, la Grande Rue (où se trouvent la mairie, le club des Aînés, la boulangerie – qui fait « pizza » le jeudi, *Pensez à passer votre commande !*), le camping municipal « La Peupleraie » et la laiterie de l'élevage Copin, les maçonneries Gervais-Scombart, on s'est promené vingt bonnes minutes.

Ils marchèrent doucement dans les premières odeurs de feux de cheminée, à moins d'un mètre l'un de l'autre, lui en retrait léger ; et parfois, lorsque leurs ombres se cognaient à un mur, il tendait sa main d'ombre pour caresser ses cheveux d'ombre ; il frissonnait autant que s'il se fût agi d'une vraie caresse ; il s'apprivoisait ; il s'essayait aux gestes de tendresse nouvelle ; il eût soudain voulu parler, lui dire dans l'obscurité bienveillante les choses que l'on assemble la nuit dans sa tête pour le jour où justement survient une grâce comme celle-ci. Scarlett Johansson regardait autour d'elle ; elle riait, simple, heureuse. Mais les mots sont lâches et se dérobent ; ils se sentent penauds devant la conjugaison d'un corps de rêve, confus face à la grammaire tranchante du désir ; tous les mots sont inutiles dans la crudité des choses. Ça va ? demanda-t-elle. Je, je. Oui. Tu n'as pas froid ? Ils passèrent devant la minuscule chapelle Notre-Dame-de-Lourdes à la sortie du village, vers Ailly. Il eût voulu être un homme soudain, un costaud, un véhément, que le désir commande, la pousser dans l'oratoire, elle aurait lâché un petit cri (sans doute) et aurait dit tu es fou, demandé qu'est-ce que tu fais, et il aurait dit je vais te demander de partager nos vies, de choisir une île déserte, de manger des macarons à la violette, et elle aurait ri et elle aurait répété *you're crazy*, rentrons maintenant, j'ai un peu froid, mais c'était gentil Arthur, c'était gentil, c'était *cute*.

Elle aurait peut-être dit oui.

Mais il se tut parce que les faiblesses l'emportent toujours.

Il se tut parce qu'on ne domestique pas l'impossible, une fille comme Scarlett Johansson, dans l'impétuosité, l'urgence ; il faut de l'élégance, une forme de renoncement.

— Rentrons, dit-il, tu as un peu froid.

Et c'est lui qui trembla parce qu'il connaissait la suite.

Ils installèrent leur dînette devant la télévision et regardèrent d'abord *The Island*. Arthur Dreyfuss préférait les films d'action aux films sentimentaux – c'est ainsi qu'il imaginait ceux d'un Woody Allen vieillissant, des sentiments un peu suspects de la part d'un homme qui avait abandonné sa femme pour coucher avec leur fille adoptive ; de toute façon on verra les deux, avait-il dit, et pendant le film, Scarlett Johansson parla beaucoup, parfois même la bouche pleine. Elle commentait chaque scène : on a tourné ça dans le désert de Californie, ça dans le désert du Nevada, j'adore Ewan (McGregor) dans ce survête-ment blanc, il est trop sexy, trop *hot* ; là, regarde, la voiture de Lincoln (le personnage d'Ewan McGre-gor dans le film), c'est une Cadillac, elle a coûté sept millions de dollars, tu te rends compte, sept millions de dollars, à cause de tous les trucages ! Elle atta-qua un second roulé au fromage, excitée ; c'était un tournage super difficile, dit-elle. Tu sais qu'on m'a opérée juste avant ? On m'a enlevé les amygdales avant le tournage, et tous les jours, le bureau de Michael (Bay, le réalisateur) me téléphonait pour prendre de mes nouvelles. Pour savoir quand je pourrais retourner m'entraîner dans les salles de gym parce que c'était un rôle très physique, extrêmement épuisant, tout le monde paniquait et, et enchaîna Arthur Dreyfuss : tu te faisais poser des attelles aux tibias après les scènes de course-poursuite. L'actrice abandonna soudain son roulé au fromage, garda la bouche ouverte, le sang sembla quitter son visage, une seconde elle fut presque vilaine. Et tu souffrais terriblement du genou, je sais. Je l'ai lu sur AlloCiné ; comme toi j'imagine.

Il sortit un petit papier de sa poche, qu'il déplia lentement, presque cruellement. En découvrant le script, tu as été séduite par la relation de ton personnage avec celui de Lincoln et tu as déclaré : *Ils ne connaissent rien à l'intimité et à la sexualité. Ils sont complètement naïfs car ils ont vécu dans une espèce de bulle de plastique sans connaissance du monde extérieur. C'est une magnifique histoire d'amour d'une certaine façon.*

Scarlett Johansson porta la main à sa bouche, y cracha discrètement la bouchée du roulé de Tonnelier – mais ce ne fut quand même pas si discret que cela ; ses lèvres tremblaient, exsangues.

— Je m'appelle Jeanine Foucamprez.

JEANINE

Arthur Dreyfuss fut à la fois déçu et soulagé.

Sa déception tint au fait qu'il avait, comme PP avec Angelina Jolie, pour un instant, un battement d'ailes, un soupir infini, rêvé d'être « le type à Scarlett Johansson » – bien que PP ne fût et ne serait jamais « le type à Angelina Jolie » ; mais cette image lui avait plu. Il lui avait alors semblé qu'avec l'actrice glamour à son bras, comme un ange, une bénédiction, il aurait enfin été ce quelqu'un choisi parmi trois milliards et demi d'hommes ; ce type unique au monde capable de sauver Marilyn Monroe de la mort un 5 août 1962, parce qu'il l'aurait emmenée savourer des gouttes de pluies poussiéreuses en lui tenant la main.

Et puis soulagé quand même, parce qu'il pressentait qu'avec une Scarlett Johansson à votre bras, vous deveniez l'ennemi de trois milliards et demi d'hommes. En vous enviant, ils vous haïssaient. En vous haïssant, ils vous détruisaient.

Et puis soulagé encore parce que si les flamboyants avant-cœurs de la New-Yorkaise donnaient assez vite des envies de gros plans, de grain de peau, des idées de sexe, il restait néanmoins assez difficile pour un jeune garagiste samarien, quand bien même on évoquait à votre sujet Ryan Gosling *en mieux*, de parvenir à devenir le *boyfriend* de Scarlett Johansson (la concurrence étant planétaire) ; alors que devenir le *petit ami* d'une Jeanine Foucamprez semblait nettement plus accessible.

Et puis quel bonheur, pensa-t-il, si cela devait arriver, d'avoir secrètement l'impression de faire l'amour à deux femmes en même temps, ou en tout cas à l'une en pensant à l'autre et ce en toute impunité.

Mais Arthur Dreyfuss savait qu'il n'y était pas encore. Deux étages et une salle de bains le séparaient de Jeanine Foucamprez la nuit ; trente-neuf marches qu'il serait, pressentait-il, difficile de gravir, parce que Jeanine Foucamprez vivait un méchant conte de fées où l'on ne sait plus qui trompe qui du corps ou du désir et qu'au matin, dans ce genre de cruauté, les princes n'ont pas le génie du baiser qui ressuscite, qui ramène la paix, l'envie de vivre et la douceur des choses. Ce sont des matins de tristesse et de solitude. Des matins de douleur. Des matins féroces. Il faut beaucoup de temps aux princesses blessées.

Toujours cette histoire de médicaments. De dosages. De doigts qui tremblent.

Bien sûr, il arrêta le film qu'ils étaient en train de regarder. Il n'était pas encore terminé (pour ceux que cela intéresse, la fin, rapidement : Ewan McGregor part finalement avec Scarlett Johansson sur un bateau vers… une *île* ; ah l'amour), il arrêta le film et Jeanine Foucamprez eut ce mot charmant : ce n'est pas grave, je l'ai déjà vu. Puis il y eut un peu de silence. De gêne aussi. Ils se regardèrent et on eût dit qu'ils se regardaient pour la première fois.

Quand même ; vous regardez Cameron Diaz, par exemple, et ce n'est pas Cameron Diaz : ça prend un peu de temps pour que vous réalisiez.

Cela prit six minutes à Arthur Dreyfuss.

— Pourquoi moi ? demanda-t-il. Pourquoi chez moi, pourquoi ici, pourquoi à Long ?

Jeanine Foucamprez inspira et se lança, sans son merveilleux accent cette fois :

— Je fais la tournée Pronuptia. Mannequin vedette. Trois ans que je la fais. Deux villes par jour. On est six filles. On fait les modèles vivants dans les vitrines des Pronuptia. Quand il n'y a pas de magasin, on est dans une camionnette toute vitrée. Sur la place du marché. Comme des poissons dans un aquarium. Notre passage est annoncé la veille dans le canard du coin. Parfois sur le France 3 local. Quand on arrive il y a déjà du monde. C'est joyeux. Genre kermesse. Carnaval. Bières. Comme pour les sélections des Miss France. Dès la première tournée, on me demandait des autographes. Je signais Jeanine. On me disait non, non, signez Scarlett. Vous êtes tellement *elle*. Vous êtes tellement, tellement *elle.* S'il vous plaît. Je me sentais belle. Importante. Alors je signais Scarlett. En faisant un grand *S* comme Zorro avec son grand *Z*. Et les gens étaient heureux. Ils m'embrassaient. L'année suivante, ils m'amenaient carrément sa photo. La jaquette d'un DVD avec elle. L'affichette d'un film. Une page de

Première. Un article de *Elle*. La une d'un magazine télé. Je me suis sentie moins belle tout à coup. Je me suis sentie menteuse. Trahie. Un petit clown. Il y a six mois, on quittait Abbeville pour aller à Amiens. Mais le chauffeur est sorti de l'autoroute, une citerne de lait s'était renversée. On aurait dit qu'il avait neigé. Que la neige avait fondu. Qu'on allait sombrer dans un lac blanc. Une des filles a dit que c'était comme une robe de mariée, que les bulles d'air dans le lait, ça dessinait de la dentelle. On s'est arrêtés ici. À Long. On a déjeuné à la Brasserie du fil de l'eau. Je m'en souviens bien. Le vendredi 19 mars. C'est en repartant vers le minibus que je t'ai vu. Tes mains toutes noires. Ta salopette sale. J'ai pensé à Marlon Brando dans un film avec des motos. Tu réparais le vélo d'une petite fille qui pleurait. Tu étais beau. Et fier. Le phare de son vélo s'est rallumé. Son sourire aussi, à la petite fille. Et ça m'a tuée. Ce sourire d'elle.

Arthur Dreyfuss eut soudain la bouche sèche. Bien qu'il ne connût pas encore les mots de l'amour (même Follain était très prudent avec eux), il eut le sentiment d'en avoir entendu, là, à cet instant, des mots pour lui seul, sortis comme des baisers d'entre les lèvres merveilleuses ; des lèvres qui pouvaient être celles de l'affolante Scarlett Johansson, avec tout ce qu'on lui connaît d'appétissant et de moelleux et sur lequel il n'est pas nécessaire de revenir en détail.

— Je suis retournée à la brasserie en courant et on m'a dit où tu habitais. La maison isolée sur la route de Long, vers Ailly, juste avant l'autoroute.

Il but une gorgée de vin ; une seconde ; un ventoux (13,5°), fruité, un arôme de coing et fruits rouges, avait dit Tonnelier, parfait avec la charcuterie et le roulé au fromage.

Sa tête tourna un peu.

Elle poursuivit.

— Si tu me prenais pour elle, je savais que tu m'ouvrirais. Que j'aurais peut-être une chance. Comme la petite fille. Avec sa loupiote qui marche à nouveau. Son sourire mortel. Et merde.

Ni Dreyfuss Louis-Ferdinand, son père, ni Lecardonnel Thérèse, sa mère, n'eurent vraiment la présence d'esprit d'entretenir leur fils unique des choses de l'amour.

Le deuil de Noiya, sa petite sœur déchiquetée, occupa la plupart du temps qu'ils passèrent ensemble avant l'ultime « À ce soir » et le début du vermouth. Lecardonnel Thérèse pleurait beaucoup, et tous les jours elle semblait s'enfuir par les yeux ; elle racontait les choses qu'elle avait à jamais perdues : les baisers mouillés de sa petite fille ; les comptines ; les jours de rougeole, les jours de varicelle ; ses cheveux à démêler un jour, quand elle aurait eu sept ans ; les cadeaux de fête des mères, colliers de nouilles, poèmes lamentables ; les tissus à choisir au marché et les robes à couper plus tard, quand viendrait la poitrine ; les premières gouttes de sang ; les premières gouttes de parfum, au creux du bras, derrière le genou ; le premier rouge à lèvres et les premiers baisers d'amour, les premières désillusions, ce sont elles qui font les mamans, disait-elle d'une voix inaudible, la bouche noyée de chagrins liquides ; ta sœur me manque mon petit, elle me manque tant, il me semble l'entendre rire parfois dans sa chambre quand ton père et toi êtes sortis, alors je m'assieds près de son lit, je lui chante les chansons que je n'ai pas eu le temps de lui apprendre, toi tu es un garçon, je n'ai pas chanté, je ne t'ai pas lu de contes, je n'ai pas eu peur pour toi, c'était le rôle de ton père ça, c'est lui qui te racontait des histoires de patineuses d'eau, leurs longues pattes qui dansaient sur les miroirs sombres sans jamais s'y enfoncer, lui qui était là pour répondre à tes questions, mais tu ne demandais jamais rien, on pensait que rien ne t'intéressait, on a eu peur, ah, Noiya, ah mon bébé, mon bébé, je hais tous les chiens du monde, tous, tous, même Lassie (*Fidèle Lassie*, *Le Courage de Lassie*, *Le Défi de Lassie*, increvable Lassie).

De temps en temps, Dreyfuss Louis-Ferdinand emmenait son fils à la pêche. Il faisait nuit noire lorsqu'ils partaient. Ils traversaient les marais jusqu'à l'étang des Croupes ou la rivière de Planques et là, près de la malodorante humidité d'une cabane posée sur un îlot, le garde forestier, faisant fi du règlement municipal, pêchait à la cuiller tournante (leurre composé d'un hameçon et d'une palette métallique brillante) jusqu'à remonter quelques brochets copieux – dont un, un jour, qui faisait ses vingt et un kilos. Est-ce à cause de l'illégalité de sa technique, est-ce parce qu'il ne voulait pas être repéré, pas entendu, qu'il ne parlait pas ? Arthur Dreyfuss passait des heures muettes au côté de son père, comme au côté d'un inconnu. Alors, il l'observait. Il enviait ses mains rugueuses et fortes et précises. Il scrutait son regard clair, qui donnait des envies de sourires, de confidences et de bonheur. Il s'enivrait de son odeur de cuir, de tabac, de transpiration. Et quand parfois le pêcheur lui ébouriffait les cheveux, comme ça, sans raison, alors le petit Arthur Dreyfuss se sentait prodigieusement heureux ; et cette poignée de secondes de bonheur valait bien tous les silences du monde. Toutes les attentes. Toutes les souffrances.

Un soir dans la cuisine, Arthur Dreyfuss avait alors douze ans (Noiya avait été dévorée six ans plus tôt), il demanda à ses parents comment on tombait amoureux. Son père pointa son couteau vers sa mère, l'air de dire : elle va te répondre, mais un chien se mit à aboyer au loin alors sa mère fondit en larmes et disparut dans sa chambre. Ce soir-là, pour la première fois de sa vie, Arthur Dreyfuss entendit son père prononcer soixante-sept mots d'affilée : c'est le désir mon gars, c'est ça qui commande. Ta mère, c'est son cul qui m'a appelé (l'enfant sursauta), son popotin si tu préfères, la façon qu'elle avait d'le chalouper quand elle marchait, on aurait dit le balancier d'une horloge, tic, tac, tic, tac, ça m'a hypnotisé, empêché de dormir, alors je l'ai emmenée à l'étang de la Bouvaque (Abbeville), et c'est comme ça que t'es arrivé mon petit gars.

— Mais tu l'aimais, papa ?

— Ça c'est dur à dire.

C'est le moment que Lecardonnel Thérèse choisit pour revenir de sa chambre. Ses yeux étaient secs. Le globe oculaire strié de rouge, sur le point de se défaire, comme les vases craquelés. Au passage, elle gifla son mari puis sortit la tarte à la cassonade du four, et Arthur Dreyfuss eut la réponse à sa question.

— Mon père. Ce n'était pas mon vrai père. Juste un porc. Avec le gras. Le bide qui faisait *fffft-fffft* quand il se déplaçait. De la gelée qui chocotte. Quand il marchait, il y avait toujours ce bruit de chaussures mouillées. Une glissade qui menace. Même quand il ne pleuvait pas. Par contre, mon vrai père était très beau. J'ai vu des photos. Il était blond (le côté Johansson de Jeanine Foucamprez sans doute). Musclé. Il avait un sourire qui faisait rougir les filles. Ce qui rendait ma mère jalouse. Souvent. Puis elle s'est calmée. Parce que finalement, c'est elle qui l'a eu. Elle était très belle (le côté Scarlett de Jeanine Foucamprez sans doute). Mais je n'ai pas connu mon vrai père. Il est mort juste avant ma naissance. Il a brûlé dans une maison à Flesselles (12,3 kilomètres d'Amiens à vol d'oiseau). Il essayait de sauver une mamie. On n'a pas pu les décoller. On aurait dit qu'ils faisaient l'amour. Comme à Pompéi. Il était pompier.

Ma mère. Elle a rencontré le porcin dans un cours de danse. Elle rêvait d'être danseuse. Même si elle n'avait pas vraiment les jambes pour. Le galbe. Le cou-de-pied. La cambrure. Tout ça. Mais elle y croyait. Elle bossait dur. Elle avait des photos de Pietragalla et de la Pavlova sur le frigo de la cuisine. Nijinski et Noureev aussi. Et une image de Jorge Donn dans *Les Uns et les Autres* de Lelouch. En attendant de maîtriser le contretemps et le grand jeté, elle patientait en serveuse. Elle se rongeait les ongles au sang. La danse, c'était un prétexte pour Porcinet. Un plan pour draguer. Comme Hugh Grant dans *Pour un garçon*. Un con qui fait croire qu'il a un môme pour se taper des mères. C'est nul comme drague. Comme le porc était un peu photographe, il faisait des photos. Photos de dames pour leurs books. En tutu. Puis sans le tutu. Juste avec le collant transparent. Puis sans le collant. Puis en gros plan. Il était tellement nul comme photographe qu'il a même réussi à rendre ma mère moche. Quand il est venu s'installer chez nous, j'avais cinq ans. Au début il était cool. Il aidait un peu. Il faisait le danseur pour ma mère. Tango. Cha-cha-cha. Mambo. On riait, ma mère et moi. Il était ridicule. Le seul truc bien : il savait réparer les machins cassés. La chasse d'eau. La sonnette. Les prises électriques. On faisait des économies.

Il me trouvait jolie. Il disait que ma peau c'était du satin qu'on avait envie de froisser entre les doigts. Mes yeux, des alexandrites (une pierre précieuse qui change de couleur en fonction des éclairages). Il était triste parce qu'il y avait des milliers de gens qui ne partageraient pas son émotion. Sa joie à me regarder. C'est si rare la beauté, il disait. C'est si beau. On a envie de la donner. Ça a commencé comme ça. Une première série de photos. À la cuisine. Il voulait que je mange de la glace vanille. Il aimait bien quand j'avais la cuiller dans la bouche. Quand la glace coulait sur mon menton. Il avait un visage qu'il n'avait pas avec ma mère. C'est notre secret Jeanine. Je me sentais importante. Je me sentais belle. Ça a continué. Dans le jardin. Il me demandait de faire le poirier. La roue. Si je savais faire des ciseaux avec les jambes. Un jour il est entré dans la salle de bains alors que j'étais dans la baignoire. Il avait l'air très triste. Il m'a raconté qu'il avait une petite fille, autrefois, et qu'elle était partie au ciel. Que je lui ressemblais. Qu'il n'avait pas eu le temps de faire assez de photos d'elle pour ne jamais l'oublier. Et que si j'étais d'accord pour qu'il me photographie en train de me laver, il ne serait plus jamais triste. Ma mère est entrée alors que je me lavais le sexe comme il venait de me le montrer. Je riais parce que ça chatouillait. Et il riait aussi. Oui, oui, comme ça. Elle nous a regardés et puis elle a refermé la porte. Doucement. Sans la claquer. Et le porc a dit merci. Grâce à toi, je n'oublierais jamais ma petite fille. Je vais aller auprès de ta maman maintenant. Je n'ai pas entendu de cris dans la cuisine. Pas de vaisselle brisée. Du silence seulement. Elle n'a rien dit. Ma mère n'a rien dit. Elle ne m'a jamais rien demandé depuis. Elle ne voulait pas savoir. Pas voir. Elle est devenue aveugle à moi. Elle ne m'a plus jamais prise dans ses bras.

Arthur Dreyfuss prit doucement Jeanine Foucamprez dans ses bras, et cette tendresse tout à fait inattendue les surprit tous les deux. Il fut profondément triste. La colère viendrait plus tard. Il n'avait pas de mots pour cette douleur-là, cette violence ; la seule chose qu'il put faire, son seul vocabulaire, fut de la serrer contre lui. Proprement.

Ce n'est pas le temps qui civilise, mais ce qu'on vit.

Dehors il faisait nuit depuis bien longtemps, la lune dévoilait les zones d'ombres du monde, mais ils ne se sentaient pas fatigués. Les nouvelles rencontres, en tout cas celles qui semblent importantes, font toujours cet effet : on n'a pas sommeil, on voudrait ne plus jamais dormir, se raconter sa vie, toute sa vie, partager les chansons qu'on aime, les livres qu'on a lus ; l'enfance perdue, les désillusions et cet espoir, enfin ; on voudrait s'être toujours connus pour s'embrasser, s'aimer en connaissance de cause, en confiance, et se réveiller au matin en ayant l'impression d'être ensemble depuis toujours et pour toujours ; sans la peine amère de l'aube.

Ce fut le petit ventoux de Tonnelier qui eut raison de leurs résistances, de leur excitation : Jeanine Foucamprez posa délicatement sa tête contre l'épaule du garagiste, comme on pousse un soupir lorsqu'on est enfin arrivé quelque part, un peu rassuré, un peu réchauffé ; et même si la position d'Arthur Dreyfuss sur le canapé n'était pas la plus confortable pour lui, il ne bougea pas, trop ému qu'une fille aussi belle que Scarlett Johansson, pâle et légère soudain, comme une plume de cygne, vînt se poser sur son épaule.

La fille du pompier blond s'endormit paisiblement et le fils de l'agent forestier aux soixante-sept mots d'affilée et au corps disparu se mit à rêver.

À l'aube, des coups de tonnerre à la porte les réveillèrent.

Arthur Dreyfuss eut du mal à s'extirper d'Ektorp à cause de la terrible crampe qui paralysait son bras gauche (celui-là même qui avait soutenu le beau visage de Jeanine Foucamprez jusqu'alors, soit près de six heures durant – laquelle s'éveilla en souriant).

C'était PP. Le teint gris. La bouche menaçante.

— Ben qu'est-ce que tu fous mon gars, ça fait une heure que je t'attends, y a la Mégane du maire pour 9 heures !

Puis, en découvrant Jeanine Foucamprez qui s'étirait délicatement sur le canapé trois places, il eut l'air surpris, voire ahuri (souvenez-vous de la gueule du loup qui dégouline de stupre quand passe la sexy *Red Hot Riding Hood* dans le dessin animé de Tex Avery) : alors l'actrice, c'était pas des conneries ? siffla-t-il. Waouh, c'est qui, c'est Angelina Jolie ? C'est bien elle ? Qu'est-ce qu'elle est belle. Oh, Jésus. Oh, putain. Oh, putain. Et pour la première fois de sa vie Arthur Dreyfuss se sentit beau. Choisi.

Élu. Et pour la première fois de sa vie, PP, trois mariages, deux divorces, propriétaire d'un garage automobile multimarques, laissa son cœur parler : viens un peu plus tard si tu veux mon petit, je comprends, Marilyn, les gouttes de pluie, la lenteur des choses, la délicatesse ; je m'occupe de la Mégane, occupe-toi d'elle.

À l'instant où PP ferma la porte, Jeanine Foucamprez se mit à sourire, puis ils rirent ; ces rires qui leur semblèrent être synonymes de bonheur.

Limbes. Commencement. Possible. Franchise.

Après un bol de Ricoré bu à la va-vite, laisse, va l'aider, je vais ranger, avait dit Jeanine Foucamprez, il avait couru au garage (avec une idée en tête). Outre la Mégane du maire, sous laquelle s'étendait le grand corps de PP, il y avait trois commandes : une révision des 250 000 sur une BMW Série 3 cinquième main, un pot d'échappement sur une C1 de 2005, une saloperie de caisse, disait PP, dessinée par des manchots qui n'ont pas le permis, et une crevaison sur deux camping-cars (Jipé, le patron du camping Le Grand Pré, un des deux campings de Long, dont le terrain à la hauteur de la rue du 8-mai-1945 était composé de petits îlots séparés par des cours d'eau – on pouvait donc pêcher de sa caravane ou en se rasant –, avait pour manie – ochophobie ? kinétophobie ? – de crever de temps à autre quelques pneus, puis d'adresser les malheureux touristes à PP en échange d'un billet de 10 par pneu).

À chaque fois que leurs regards se croisaient, PP ne cessait de lui faire des clins d'œil appuyés ;

une nullité d'homme, une ringardise à la Aldo Maccione. À la petite pause de 10 heures (vers 9 h 30 en général), il le bombarda littéralement de questions, mais n'obtint qu'une seule réponse, toujours la même : elle a sonné chez moi, c'est tout, et PP pesta en disant qu'il était pourtant pas un thon, une carambouille, que des choses comme ça, une bombasse qui sonne chez vous, c'est jamais à lui que ça arrivait, que pourtant son côté Gene Hackman, belle gueule, corps solide à la Lino Ventura, ça plaisait assez bien en général, et qu'Angelina Jolie, elle aurait plutôt pu passer chez lui, bon, au garage disons, parce que Julie (sa femme) est toujours fourrée à la cuisine, ce qui explique mon bide, ou sous la douche depuis que j'ai installé un nouveau pommeau cinq jets ; et je vais te dire un truc Arthur, même si t'as une belle petite gueule, t'es quand même qu'un gamin, et pour satisfaire, pour combler, pour s'occuper au mieux des intérêts d'une femme comme ça, une grande vedette, jusque dans les profondeurs, eh ben un homme, un costaud, pour l'extase, c'est plus sûr, le poids ça fait suffoquer, tu comprends, ça asphyxie, et l'asphyxie c'est érogène, toutes les dames te le diront, et toi t'es comme un enfant, c'est pas une queue que t'as entre les jambes c'est une plume, une plumette, un peu de vent, rien d'asphyxiant. (Un temps.) Et merde et merde et re-re-merde ! Puis il écrasa son mégot – avec la rage de ceux qui écrasent une araignée, grosse, velue, l'abdomen blanc comme une boule de pus, qui aurait pu les empoisonner ; Rastapopoulos dans *Vol 714 pour Sydney*.

Bon, finis cette merde de C1 et retourne voir Tomb Raider, c'est ce que je ferais à ta place, je serais même pas venu bosser d'ailleurs, petit con. Butine-la. Éclos-la. Parfume-toi, trouve des mots jolis. Profites-en, couillon de mes deux ; cueille-la, c'est une fleur. C'est un miracle, une fille comme ça : ça fait que tu seras plus jamais moche maintenant, que tu seras envié et désiré. Pense à Marilyn Monroe et moi. Marilyn et moi. Je pourrais mourir à ta place. C'est alors qu'Arthur Dreyfuss lui parla de son idée. PP fit une drôle de tête ; enfin, vous savez bien PP, précisa-t-il en souriant, mes congés, tous les jours que je n'ai jamais pris depuis deux ans, vous me les mettiez de côté pour une grande occase, vous disiez. Il inspira, puis osa un assemblage : Et la beauté/c'est plus grand que tout/plus grand qu'un cœur/une poussière d'immortalité/quand elle s'efface.

PP sourit. Un père. T'es un délicat Arthur, une sorte de poète avec tes petits mots tricotés. Allez, vas-y. Pars avec elle, envole-la, cogne-toi au ciel. Savoure l'immortalité, comme tu dis.

Il était 10 h 30 ce matin du quatrième jour. Il faisait beau.

ARTHUR ET JEANINE

Jeanine Foucamprez ne travaillait alors pas.

On était en septembre ; les tournées Pronuptia ne reprendraient qu'en janvier, avec les nouveaux modèles – robes en mikado, micro-ottoman ou dentelle cornelli perlée –, les promesses de mariage, les premiers jours ensoleillés ; les sacrifices éperdus des fiancées, régime Dukan, pilules de Nuvoryn, anneaux gastriques et autres cruautés pour être belle, au moins une fois, sur la photo éternelle.

Elle avait fait quinze jours d'animation au Maxicoop d'Albert (80300 – 28 kilomètres d'Amiens, 813 de Perpignan), rayon volaille, et même si parfois elle eut droit à des quolibets douteux, du genre : *Ils ont mis une sacrée poulette au rayon des poules* ; graveleux : *Té, une poule que je fourrerais bien* ou, vulgaire : *C'est des œufs d'autruche qu'elle nous a pondus, la poulette*, Jeanine Foucamprez avait bien aimé ce boulot. Elle avait un costume avec des plumes de cygne, très douces, un micro sans fil et, toutes les quatre minutes, un joli texte à dire : *En ce moment les poulettes coquettes sortent en barquette, et personne ne file sans un filet de poulet.* Les magasiniers avaient tous été très gentils avec elle, un café par-ci, une plaque de chocolat par-là ; le directeur aussi, un dîner au Royal Picardie, et le comptable, un tour dans sa nouvelle Jaguar XF ; des arrière-pensées, des rêves, des cochonneries, des souffrances, comme toujours, avec tous les hommes depuis qu'elle avait douze ans, des agréments de femme, une bouche comme un fruit mûr, un tabernacle et ce *je-ne-sais-quoi* (dont on sait tous ce que c'est) qui rend les hommes malheureux, brutaux et fous et les femmes méfiantes, fiévreuses et cruelles.

Jeanine Foucamprez ne restait jamais longtemps à la même place : on l'accusait préventivement de pyromanie, comme cette Laurie Bee Cool, copie conforme de Lauren Bacall dans le dessin animé de Bob Clampett, qui met le feu dans son sillage et consume le cœur de Bogey Gocart. On l'éloignait le plus possible parce qu'elle était un poison, un danger, une sirène de la famille du dieu Achéloos.

Elle était une chimère. Dans des cliniques en étage, des lames de 10 incisaient d'autres visages pour copier le sien. Des bistouris taillaient, découpaient dans des corps, pour les refaçonner à son image, gros seins, taille fine. Jeanine Foucamprez faisait le malheur des hommes qui ne la possédaient pas ; des femmes qui ne lui ressemblaient pas.

Le grand bal des apparences.

S'ils savaient. La vie de celle qui ressemblait à s'y méprendre au personnage d'Alex Foreman dans le film *En bonne compagnie* était un chapelet de verrues, de petites misères et d'humiliations.

Les bras de sa mère ne s'étaient jamais rouverts. Sa gorge n'avait plus jamais laissé s'envoler les mots doux des mamans. Ses mains n'avaient plus jamais coiffé ni touché ni rassuré l'enfant. Et lorsque les premières rides apparurent au coin des yeux aveugles, lorsqu'elle sut qu'elle ne rejoindrait jamais la Pavlova, Nijinski ou Noureev sur le réfrigérateur de la cuisine, qu'elle ne réussirait jamais l'échappé battu ou le sissonne retiré, alors le silence de la mère n'en devint que plus menaçant. Parle-moi maman, demandait Jeanine ; implorait Jeanine. Dis quelque chose. Parle. S'il te plaît. Je t'en prie. Ouvre-la. Elle suppliait. Dégueule. Dégueule si tu veux. Vomis-moi si tu veux. Mais ne me laisse pas là. Pas dans le silence maman. On se noie dans le silence. Tu le sais bien. Dis-moi que ce n'est pas ce que tu me demandes. Dis-moi que je suis toujours ta fille.

Le silence aussi possède la violence des mots.

Jeanine Foucamprez venait d'avoir neuf ans lorsque sa mère l'abandonna à sa tante, bibliothécaire à Saint-Omer (dans l'Audomarois), femme douce mariée à un facteur, sans enfants – ce qui n'a rien à voir avec le fait qu'il fût facteur et elle bibliothécaire ; ils habitaient un joli petit pavillon avec jardin vers les étangs de Malhove et Beauséjour. J'ai grandi chez eux, raconta Jeanine Foucamprez au jeune garagiste. Lui partait tôt. Forcément. Un facteur. Dès que le porteur de lettres avait fermé la porte, elles mettaient les disques de Céline Dion à fond (ah ! *Feliz Navidad,* ah ! *It's All Coming Back To Me Now*). On dansait dans la cuisine. Dans le salon. On faisait du karaoké en descendant l'escalier comme des stars. On riait. J'étais heureuse. Puis, à 8 heures, j'allais à l'école et ma tante à la bibliothèque. Le soir, on lisait des romans. Ou on regardait la télévision pendant que mon oncle, assis à la table de la cuisine, essayait d'écrire un livre sur l'histoire du canal de Saint-Omer, un truc qui commençait au X\ue siècle, avec des moines. Barbant. J'étais bien. Mais ça n'a pas duré.

Quand elle eut douze ans, les petits « nichons tout doux tout pâles comme des hosties », ainsi que les nommait le photographe, devinrent une poitrine insensée qui l'arracha brutalement aux sirops de l'enfance, aux mélodies de Céline Dion, pour la livrer à la concupiscence des pourceaux.

Les premiers congés payés d'Arthur Dreyfuss commencèrent là : ils étaient tous les deux allongés par terre, la maison n'ayant pas de jardinet (ce qui expliquait son coût raisonnable), sur le tapis à poils longs du petit salon (Ikea, 133 × 195, la taille d'un petit lit pour deux), béats comme s'ils avaient été sur une herbe tiède, des boutons-d'or autour d'eux ; heureux comme s'ils avaient joué à *t'aimes le beurre ?* avec les reflets des pétales blonds des renoncules – un jeu charmant auquel Arthur Dreyfuss enfant aurait aimé s'amuser avec sa petite sœur si le voisin avait eu de la tendresse pour les chihuahuas plutôt que pour les dobermans.

Jeanine Foucamprez regarda le plafond avec le même sourire que s'il se fût agi du ciel, avec ses nuages et ses oiseaux blancs qui vous emmènent de l'autre côté du monde, sa couleur bleue comme celle des yeux des amoureux dans la chansonnette ; elle ressentit un très bref instant l'enfance qui lui manquait. La douceur du pompier. La grâce de la danseuse. Puis, plus tard, l'adolescence, la main dans celle d'un gentil garçon ; un rêve de vie simple, d'apparence ingénue, mais qui contient souvent une clé du bonheur. Elle soupira, sa poitrine se gonfla, et, comme Jeanine Foucamprez était allongée, celle-ci ne prit pas de proportions russmeyeriennes, et le garagiste ne tomba pas dans les pommes ; la gorge incendiaire se gonfla une fois, deux fois, puis, apaisée, l'adolescente nostalgique confia dans un souffle :

— Je suis bien avec toi.

Alors les doigts d'Arthur Dreyfuss, gourds d'être restés si longtemps immobiles, à deux doigts du corps extraordinaire, du temple de tous les péchés, s'animèrent comme cinq petits orvets timides et tentèrent de joindre la main jumelle de celle qui avait tenu celle d'Ewan McGregor et, lorsqu'ils y parvinrent, les doigts de Jeanine Foucamprez s'ouvrirent, comme cinq doux petits pétales sur un trésor épigyne et accueillirent ceux de Ryan Gosling *en mieux*.

Ryan Gosling *en mieux* lui serra alors la main, la ramena à lui en se relevant vivement.

— Viens !

Elle se leva, bondit même. Arthur Dreyfuss souriait.

Sa tête tournait, comme le jour, en classe de troisième, où il avait respiré du trichloréthylène avec le récemment dépucelé Alain Roger et qu'il avait chanté le *Stabat Mater* de Vivaldi, bien qu'il ne l'eût jamais entendu.

Christiane Planchard dut à sa bonne santé et à la pratique régulière du yoga d'éviter la crise cardiaque.

Christiane Planchard tenait, rue Saint-Antoine, le salon de coiffure éponyme qui louait aussi quelques DVD, réceptionnait les cartouches encre et laser à remplir ; Christiane Planchard donc, sans la pratique régulière du yoga et le contrôle de ses émotions, serait tombée raide morte en voyant Scarlett Johansson (Scarlett Johansson !) entrer dans son salon, flanquée du garagiste croquignolet.

Cela dit, au moment où sa bouche s'ouvrit tout grand, son ciseau se referma violemment et massacra l'historique frange de Mlle Thiriard, professeur d'anglais retraitée et restée vieille fille jusqu'à ce jour – la frange surannée expliquant peut-être cela.

Tous les cancans, commérages et autres papotages cessèrent. Le temps se suspendit. On eût pu ouïr un cheveu voler.

Puis on ouït le déclic sourd d'un smartphone avec lequel quelqu'un prit une photo, et ce bruit infime sembla être le signal de la vie qui reprenait ses droits.

Christiane Planchard se précipita, mademoiselle Johansson, quel honneur, vous… vous tournez un film dans notre région ? Avec Woody Allen ? Il aime tant la France ! Et puis il joue si bien de la clarinette ! Quels beaux cheveux vous avez, et cette blondeur, on dirait des blés d'avril, une flaque d'épervières en été, c'est, c'est, vous êtes encore plus belle en vrai, vous, mais Arthur Dreyfuss l'interrompit : pouvez-vous lui couper les cheveux très court, les teindre en noir, s'il vous plaît ? À ces mots, Christiane Planchard sembla vaciller, se reprit (merci à la position de yoga dite du *brujangasana*, ou *cobra*, qui donne *confiance en soi pour faire face obstacle et force nécessaire pour faire face vie ; principe : visualiser lumière bleue au niveau gorge*), noir, teinture, bien, bien sûr, Chantal, occupez-vous de mademoiselle Johansson, préparez le shampooing, s'il vous plaît, le spécial, allez, allez ; une minute, mademoiselle Thiriard, je vous en prie, vous voyez bien que, mais, mais si, c'est très bien votre nouvelle frange, très très bien, c'est *déstructuré*, tout le monde me la réclame cette frange ; et alors qu'on s'affairait autour de la divine actrice, Jeanine Foucamprez se hissa sur la pointe des pieds, déposa un baiser sur la joue d'Arthur Dreyfuss et lui souffla *merci* à l'oreille, avec le sourire qui faisait se pâmer trois milliards et demi d'hommes.

Le cœur de Jeanine Foucamprez battit un peu plus fort. C'était elle qu'il voulait. Pas l'autre.

Et tandis que les mèches blondes de Jeanine Foucamprez tombaient avec désinvolture et en silence sur le sol, dessinant autour d'elle d'abord une couronne dorée, puis un tapis fauve, Arthur Dreyfuss patienta en lisant des magazines écornés (sudoku et mots croisés remplis, recettes de cuisine arrachées et moustaches dessinées au Bic sur le visage de cette pauvre Demi Moore et son godelureau). Dans un ancien numéro de *Public*, il tomba sur un article qui évoquait la sortie prochaine d'*Iron Man 2,* avec Robert Downey Jr., Gwyneth Paltrow et… Scarlett Johansson dans le rôle de la Veuve Noire, cheveux longs, auburn, robe noire cintrée, et toujours cette affolante poitrine. Christiane Planchard commença à étaler la teinture. Il feuilleta d'autres magazines people, lut des vieux horoscopes et tomba sur un étonnant témoignage d'une femme qui avait eu recours à la nymphoplastie. Jusqu'ici il avait pensé que « nymphe » évoquait une jolie fille dans les contes ou, comme son père lui avait appris, un stade de la métamorphose d'un insecte, et voilà qu'il apprenait que des femmes confiaient leur vagin aux scalpels de la chirurgie esthétique. *Mes petites lèvres pendouillaient, mon sexe faisait vieux cou de dindon. Depuis l'opération, il est comme celui d'une petite fille, tout frais, tout lisse.* Il eut la chair de poule.

Le mensonge fait son nid partout.

Deux heures plus tard – on était allé par deux fois chez Dédé la Frite chercher un café pour Mlle Johansson et le croquignolet ; on est un salon modeste mais on a le sens du service, avait dit Christiane Planchard –, Jeanine Foucamprez sortit en brune, les cheveux courts, en bataille, à la garçonne (pour ceux qui s'en souviennent, un peu comme ceux d'Anne Parillaud dans *Nikita*), et tout le monde s'accorda à trouver qu'elle était drôlement jolie comme ça ; que bon, c'est vrai, ça surprenait un peu au début vu qu'on était habitué à la voir en blonde avec les cheveux relâchés ou en chignon, mais que oui, elle était drôlement jolie comme ça, rudement jolie même. Jeanine Foucamprez accepta de poser au côté de Christiane Planchard pour une photo qui serait agrandie et encadrée le lendemain, puis affichée sur le mur, derrière la caisse.

Quand ils sortirent, elle glissa son bras sous celui d'Arthur Dreyfuss et ils furent applaudis. Pour toutes les personnes présentes ce jour-là, l'image de ce couple improbable et beau fut une image de lumière, une sorte d'apparition dont nul n'aurait pu soupçonner la violence des ténèbres qui l'emporterait ; dans moins de quarante-huit heures maintenant.

Ce septième jour ; maudit ; noir et pourpre.

Ils marchèrent jusqu'au garage où ils empruntèrent à PP le *véhicule de courtoisie* (une vieille Honda Civic), et PP ne put à son tour retenir un compliment : vous êtes encore plus belle qu'hier, mademoiselle Angelina. Jeanine Foucamprez sourit, exquise.

Arthur Dreyfuss conduisit prudemment pendant les trente-deux kilomètres qui séparaient Long d'Amiens, où il avait réservé au Relais des Orfèvres, parce qu'ils parlèrent beaucoup et qu'au volant, une conversation, ça déconcentre toujours un peu. C'est gentil d'avoir pensé au coiffeur, dit-elle. Ça te va super bien, dit-il. Tu trouves ? Oui. Elle rougit. Lui aussi. Tu m'emmènes où ? C'est une surprise. J'adore les surprises. J'espère qu'elle te plaira. J'en suis sûre. Quelle chance de t'avoir vu en mars dernier. Tu étais si beau. Arrête. Si émouvant avec cette petite fille. Et son rire. Putain, son rire. Ça m'a fait penser à toi presque tous les jours. Tu dois me prendre pour une nouille. Non. Je rêvais de te rencontrer. Que tu me fasses rire comme elle. En fait si, t'es une nouille. Qu'on soit amis. Que. Et ainsi de suite, pendant trente-deux kilomètres.

C'était un marivaudage adolescent, charmant, patient ; ce moment d'avant où tout est possible ; ces mots posés là, dans le désordre, avant l'écriture.

Il n'y avait nul empressement dans l'attitude d'Arthur Dreyfuss, nulle provocation dans celle de Jeanine Foucamprez, et lorsqu'elle portait la main à ses cheveux courts, lorsqu'elle faisait connaissance avec sa nouvelle tête, il y avait alors dans ses gestes quelque chose de retenu, d'émouvant, qui remplissait le conducteur de bonheur. En arrivant devant le fameux restaurant, elle posa la main sur son avant-bras.

— Merci d'essayer d'éloigner Scarlett de moi, Arthur. De venir vers moi. D'essayer de me voir… moi.

Arthur Dreyfuss sourit. Ne dit rien, parce qu'il n'y avait rien à dire.

Au Relais des Orfèvres, le restaurant du chef Jean-Michel Descloux, ils commandèrent le menu tradition ; trente euros quand même mais, pensa le modeste garagiste, quand on est avec une fille pareille – une Marilyn Monroe, avait dit PP, qui la confondait avec Angelina Jolie –, on dit merci. On dit je peux mourir demain. Tout à l'heure même. On dit l'argent ne compte pas. On pense *carpe diem*.

(Le menu tradition, *pour les amateurs* : en entrée, la timbale croustillante de filet de lieu noir fumé à la crème de chou-fleur ; en plat, le dos de merlu rôti de beurre d'algues, tuile craquante de jambon au jus de piquillos – sorte de poivron produit à Lodosa dans le Pays basque espagnol – ; et enfin, le chariot de fromages de Julien Planchon *ou* la carte des desserts. Le miracle économique de ces trente euros tenait dans ce *ou*.)

Bien sûr, on les observa du coin de l'œil. Surtout elle. On les montrait du doigt, plus ou moins discrètement. Les clients chuchotaient, excités, et Arthur Dreyfuss mit cela sur le compte de leur ennui. Un homme ordinaire mais bien mis, accompagné d'une très jolie femme, regardait les autres femmes. Les femmes des autres. Les trophées.

Toujours ce grand bal.

Jeanine Foucamprez avait les pommettes roses et nacrées comme celles de Scarlett Johansson, et bien que sa coiffure la changeât radicalement de l'image que l'on avait de l'actrice plantureuse, il faut reconnaître que la ressemblance était toujours là. Dieu qu'Arthur Dreyfuss la trouvait belle. Elle était enfin unique : personne ne l'avait vue ainsi avant lui ; ni cette tête-là, ni cette joie presque enfantine. Il aurait, comme beaucoup à cet instant, accepté de mourir pour prendre la place de cette petite cuiller remplie de crème de chou-fleur qu'elle portait à ses lèvres pulpeuses, insensées, enfournait dans sa bouche et ressortait brillante comme une larme de cinéma ; après tout, Woody Allen avait bien rêvé être le collant d'Ursula Andress. Je n'ai jamais rien mangé d'aussi bon, avoua Jeanine Foucamprez, émue, les yeux humides. À part une fois peut-être, une *ficelle picarde* au Royal Picardie avec le directeur du Maxicoop. Quand je faisais le rayon volailles. (Pour les mêmes amateurs que précédemment, il s'agit d'une crêpe au jambon et aux champignons cuite au four, 420 calories/100 g). Mais c'était pénible, poursuivit-elle. Il mangeait vite. Il me regardait bizarrement. Il transpirait. Il voulait absolument savoir si je connaissais les chambres du Royal. Il disait que ça serait bien que je m'y repose un peu, après le dîner. Pour digérer. Après tout, la ficelle picarde c'est un peu lourd, comme un gratin au fromage. Et blablabla. Dix tonnes, le directeur.

Marié. Deux grandes filles. Et ça court derrière des filles de l'âge des siennes. Arthur Dreyfuss s'apprêta à poser une question mais elle le fit taire d'un mouvement d'épaule et ajouta dans un sourire, la petite cuiller frôlant ses lèvres magiques : qu'est-ce que tu crois Arthur. Je ne couche pas pour une ficelle picarde. Il sourit, papelard. Tu as une jolie bouche, deux belles filles et ça y est, ça leur donne toutes les audaces. J'ai eu droit aux vulgaires, Arthur. Aux empressés, aux maladroits, aux beaux, aux très très beaux même. Aux vieux, aux mesquins, aux ordures et aux gluants. Ils ont tous essayé. Avec des fleurs, du chocolat, des ficelles picardes, de l'argent. Beaucoup d'argent même. Comme des injures. Qu'est-ce qu'ils doivent souffrir. Un diamant une fois. Mais sans la demande en mariage. Juste un appart plus tard. Comme une traînée. Une Fiat 500 aussi, intérieur cuir. Ah les mecs. Et je pouvais choisir la couleur. Mais je n'ai jamais rencontré de gentil. De vrai gentil. Tu es le premier Arthur. Et la gentillesse ça bouleverse les filles parce que c'est quelque chose qui ne demande rien en retour.

Le cœur d'Arthur Dreyfuss fut pris d'une légère extrasystole auriculaire. Il s'apprêtait à poser sa main rugueuse, capable de démonter et remonter n'importe quel moteur au monde (et peut-être un jour le cœur des hommes), sur celle doucement potelée de Jeanine Foucamprez lorsqu'une petite voix, tout près d'eux, se fit entendre :

— Vous pouvez me faire un autographe s'il vous plaît Scarlett ?

Une petite fille ronde se tenait debout contre leur table. Elle tendait à Jeanine Foucamprez le menu pour une signature en regardant l'actrice new-yorkaise avec les yeux de l'amour et de la dévotion ; des yeux de chien mouillé, style basset hound, soumission et vénération ; une Bernadette Soubirous miniature en somme. J'ai déjà un autographe de Jean-Pierre Pernaut et des Fatals Picards (qui représentèrent en vain la France à l'Eurovision 2007), ajouta la gamine, mais pas d'une aussi grande actrice que vous. Des larmes montèrent aussitôt aux beaux yeux de Jeanine Foucamprez, elle porta les mains à ses cheveux noirs et courts qui ne dissimulaient pas l'actrice prodigieuse ; la petite fan apeurée recula soudain d'un pas, la comédienne se leva brutalement, sa chaise tomba ; elle s'enfuit en larmes. Les lèvres de l'enfant tremblèrent lorsqu'elle demanda : qu'est-ce que j'ai fait de mal ? Mais Arthur Dreyfuss se leva à son tour, jeta de l'argent sur la table – comme il l'avait vu faire en pareil cas dans *Les Soprano* – et s'en fut à la poursuite de Jeanine Foucamprez, comme à celle du bonheur.

Elle était dehors, assise sur le capot du *véhicule de courtoisie*.

Arthur Dreyfuss n'avait pas vraiment de mots pour ce genre de situation. Autant il était capable de rassurer une femme en larmes parce que son auto ne démarrait pas, de la tranquilliser sur une tête de delco décapitée, autant il était incapable de réparer la douleur d'une jeune fille qui pleurait parce qu'une autre, en Amérique, l'inondait ; lui volait sa vie. Il se risqua alors à tendre la main. Osa caresser ses cheveux courts, à la garçonne ; étaler comme de l'aquarelle les gouttes de mercure qui perlaient à ses yeux. Il s'efforça d'avoir une respiration calme, chaude, un truc d'homme, à la PP, un souffle où elle pourrait s'abandonner ; se sentir en paix ; loin, loin de *l'autre*.

Il fallut plusieurs minutes à Jeanine Foucamprez pour recouvrer son calme ; alors elle plongea ses yeux dans ceux du garagiste et des mots muets furent prononcés. Elle se laissa doucement glisser du capot de la voiture, se hissa sur la pointe des pieds et grandit, grandit jusqu'à ce que ses lèvres veloutées viennent se poser sur celles de Ryan Gosling *en mieux*.

Ce fut un vrai premier baiser d'amour.

Ce merveilleux baiser fit vite oublier à Arthur Dreyfuss la déconvenue du restaurant. Son cœur volait, son âme gambadait. Il était Bambi.

Tout en conduisant, la merveilleuse Jeanine Foucamprez assise à côté de lui, il chantait à tue-tête la chanson qui passait au même moment dans l'autoradio : *Il ne faut pas jouer avec l'amour/Il ne faut pas, pas même un jour/Toutes ces larmes que j'ai fait couler/Je ne pourrai les oublier/On comprend toujours trop tard/Qu'un petit mot, un seul regard/En un instant peut tout détruire*, une vieillerie de Valdo Cilli (né en Italie en 1950, arrivé à Roubaix en 1958, devenu chanteur de dancing et autres galas, qui connut son heure de gloire en première partie du spectacle de Gérard Lenorman ; terrassé par une crise cardiaque, toujours à Roubaix, en 2008 – ah, la cruauté du Nord parfois) ; l'animatrice du rayon volailles riait aux éclats et tous deux, en pénétrant prudemment dans les champs cotonneux de l'attirance et du désir, étaient alors très beaux.

Après la guimauve de Valdo Cilli, Jeanine Foucamprez avait souhaité faire un saut à Saint-Omer pour présenter sa tante au garagiste – la bibliothé-caire sans enfants, épouse d'un postier attelé à la rédaction d'un opuscule sur le canal de Saint-Omer. Et puisque le centre où était internée la mère d'Arthur Dreyfus était sur la route, ils étaient convenus de s'y arrêter aussi. De faire les présentations ; comme des promesses.

Lecardonnel Thérèse avait été admise quelques années plus tôt au centre hospitalier d'Abbeville, spécialisé dans toutes ces choses qui touchent à la psychiatrie : alogie, aliénisme, hallucinations, psychoses et autres douleurs enfouies, fantômes et angoisses cannibales.

Il est vrai que la consommation régulière et importante d'alcool (le Martini en l'occurrence) peut entraîner une encéphalopathie de Gayet-Wernicke, une démence alcoolique ou un syndrome de Korsakoff ; c'est ce dernier qui fut diagnostiqué chez l'inconsolable maman de Noiya.

On observera chez Lecardonnel Thérèse une amnésie antérograde, de la désorientation, de l'affabulation, et une anosognosie. Elle aura une humeur euphorique mais aussi une abolition des réflexes, parfois une déstructuration du langage.

Ils y arrivèrent vers 15 heures.

Elle était assise sur un banc, dans le jardin. Sa tête dodelinait, comme celle des petits chiens en plastique sur la plage arrière de certaines voitures. Un plaid était posé sur ses jambes, bien qu'il fît encore doux. Arthur Dreyfuss vint s'asseoir à côté d'elle. Jeanine Foucamprez resta en retrait, elle savait les océans qui séparent d'une mère et celle-ci lâcha, sans même tourner la tête vers son fils : j'ai déjà eu mon biscuit, ma pomme, je n'ai plus faim, remplie. C'est moi, maman. Les chiens non plus. Plus faim. Tous pleins. Obèses. Ils ont mangé mes enfants. Je suis Arthur, chuchota Arthur Dreyfuss, je suis ton fils. Arrête, Georges, tu ne me séduis pas. Toute vide. Plus de cœur, cœur avalé, dit-elle dans un spasme aigu sans avoir encore regardé son fils. Arrête, mon mari va arriver, tout en colère. Mon mari. Parti. Où est son corps. Le chien mange. (Qui est Georges ?)

Jeanine Foucamprez croisa le regard d'Arthur ; elle eut un sourire triste, au bord des larmes, et murmura :

— Elle parle, au moins elle te parle.

Arthur Dreyfuss posa délicatement sa main sur l'épaule de sa mère, comme un petit piaf. Elle ne bougea pas davantage. Il était terriblement ému ; il s'en voulut alors de n'être pas venu la voir plus tôt, d'avoir sans cesse reporté cette visite à cause d'une vidange, d'un contrôle technique, d'une bougie crasseuse sur une Motobécane ; à cause de ce qu'on fait toujours passer ceux qu'on aime en dernier ; il mesura soudain la vanité des choses et, face à sa mère qui voguait maintenant en des lieux éthérés, dangereux, il se savait mauvais fils et sa honte, comme une dague, transperça son cœur.

— Je suis venu te dire bonjour, maman. Prendre de tes nouvelles. Je vais te raconter des histoires si tu veux. Te dire ce que je deviens, si tu veux, si ça t'intéresse. Et te présenter quelqu'un. (…) Je vais attendre un petit peu papa avec toi – à ces mots,

Lecardonnel Thérèse tourna doucement la tête vers son fils. Puis elle sourit. Un vilain bonheur : entre ses lèvres, une dent sur deux avait disparu et les vaillantes étaient cireuses. Ce fut un choc. À quarante-six ans, Lecardonnel Thérèse était une vieille femme usée, déglinguée ; Inke, le doberman assassin, continuait, quinze ans plus tard, à déchiqueter son cœur, ses entrailles et son âme.

Mais soudain, son méchant sourire fit place à un sourire émerveillé, enfant simplet, idiote de village : son doigt tremblant désigna Jeanine Foucamprez, à deux pas d'elle, et d'une voix hoqueteuse, elle s'exclama :

— Oh regarde, Louis-Ferdinand, il y a Elizabeth Taylor à côté de toi ! Comme elle est belle... Comme elle est belle...

Elizabeth Taylor s'approcha doucement, s'age-nouilla devant la vieille dame de quarante-six ans, prit ses mains dans les siennes et les embrassa.

Ils arrivèrent à Saint-Omer au moment où la bibliothèque municipale allait fermer. Jeanine Foucamprez fit des petits sauts de cabri lorsqu'elle aperçut sa tante, là-bas, qui rangeait quelques livres au rayon jeunesse. Roald Dahl, Grégoire Solotareff, Jerome K. Jerome ; puis se précipita vers elle, et la bibliothécaire sans enfants ouvrit les bras en poussant un formidable et joyeux et tonitruant *Jeanine !*

Arthur Dreyfuss eut un sourire triste en pensant à sa propre mère embrigadée dans son corps dévoré, assise sur son banc de misères ; sa propre mère qui ne le reconnaissait plus, ne pousserait jamais plus un formidable, joyeux et tonitruant *Arthur !*

Après l'embrassade à la Lelouch (*Ma petite Jeanine ! Chabadabada, Tata ! Chabadabada*), Jeanine Foucamprez tendit la main vers Arthur Dreyfuss. Je te présente Arthur, Tata. La tata eut une moue malicieuse, Jeanine Foucamprez rougit un peu : *mon ami*, tata, Arthur Dreyfuss. À l'instant même où ce nom fut prononcé, la moue de la bibliothécaire disparut, sa bouche se contracta, dessina une sorte de *O* majuscule d'où le nom de l'ami s'envola, pratiquement inaudible : Arthur Dreyfus. Vous êtes Arthur Dreyfus ? La bibliothécaire sembla au bord d'un malaise. Arthur Dreyfus ? Puis elle s'éloigna, à petits pas, fragile. Le cœur d'Arthur Dreyfuss s'emballa. Qu'avait-il dit ? Le prenait-elle pour un autre ? Lui rappelait-il un mauvais souvenir ? Une douleur enfouie, des ombres du passé ? Un mensonge fait à soi-même ? Il se souvint alors de ce Parisien au camping du Grand Pré (dont un pneu de la Saab 900 blanche de 1986 et un autre de sa Caravelair Venicia 470 – quatre couchages – avaient malencontreusement et simultanément crevé) qui racontait à qui voulait l'entendre que sa femme ressemblait à Romy Schneider, qu'on l'arrêtait d'ailleurs dans la rue, tous les jours, pour s'émerveiller de cette ressemblance, et pas plus tard que ce matin encore, la coiffeuse du village, une dame Plumard, ou Placard, et que ça tombait bien parce que lui-même considérait l'actrice allemande comme la femme la plus douée, la plus brillante et la plus belle de tous les temps et PP lui avait alors demandé ce qu'il foutait dans une caravane moche, dans un camping pourri, humide, plein de moustiques, où les pneus crevaient mystérieusement, parce que si elle était aussi belle que ça, lui, PP, la Romy Schneider, il l'emmènerait en vacances sous les palétuviers ou sous un flamboyant, dans un lagon bleu où elle se baignerait nue, monsieur, dans des îles vertes avec des cascades fraîches ; dans l'eau/un éclat d'amour, chuchota Arthur ; parce que si l'apparence compte autant pour vous, poursuivit PP, faut la respecter, la flatter, faut lui mentir, faut que tout soit beau autour d'elle, monsieur le Parisien, comme un écrin, ouais, voilà ce que je pense. Ou sinon faut regarder les gens comme y sont, pas comme on les rêve. Et le Parisien, blessé, avait montré une photo de sa femme sur l'écran de son téléphone portable, et ni PP ni Arthur Dreyfuss ni même la femme du notaire (qui venait voir si d'aventure PP était là ou plus exactement *s'il n'était pas là*) ne reconnurent Romy Schneider sur le petit écran. On dirait plutôt Denise Fabre en jeune ! s'exclama la femme du notaire, ou Chantal Goya, sans les cheveux, ajouta PP, remarquez, il y a un air de Marie Myriam, quand même, en regardant vite, et le Parisien rempocha rapidement son téléphone, vous exagérez beaucoup, dit-il, elle lui ressemble bien, même monsieur Jipé, du camping, l'a remarqué.

La bibliothécaire fut à nouveau là. Elle tendait un livre, les yeux brillants soudain. Ses mains tremblaient doucement. Vous êtes cet Arthur Dreyfus-là[1] ? demanda la bibliothécaire, et Arthur Dreyfuss rouvrit les yeux.

Non.

Même si un très court instant le vertige de l'illusion l'avait tenté ; non. Je ne suis pas cet Arthur Dreyfus, il y a deux *s* à mon nom et je suis garagiste ; mes mains/ne font pas les mots. Jeanine Foucamprez s'approcha, prit le livre. C'est quoi ? Alors la tante

---

1. Le 18 février 2010, sept mois avant cette rencontre, les éditions Gallimard publiaient *La Synthèse du camphre*, le premier roman d'un certain Arthur Dreyfus (avec un seul *s*).

sourit, s'excusa de sa méprise homophonique, je suis stupide, j'ai pensé un instant que vous étiez lui, que vous *pouviez* être lui, que vous vous mettiez dans le rôle d'un de vos personnages, un garagiste apparemment, pour vos recherches, votre prochain roman, je suis désolée. De quoi parlez-vous ? réitéra Jeanine Foucamprez, beaucoup plus fort cette fois. Je rêve depuis si longtemps de rencontrer un auteur, poursuivit la tante, un vrai, pas forcément un connu, mais il n'en vient jamais ici, c'est trop petit, trop loin, trop humide, pas de budget pour une indemnité de déplacement, juste un repas, mais à moins de 5 euros, ça ne fait même pas un plat du jour, c'est dommage, on vend le sandwich plus cher qu'un livre de poche, je sais bien qu'on a besoin de manger, mais on a tellement besoin de rêver aussi, il tombe soixante centimètres d'eau par an ici, la température fait à peine 10 degrés en moyenne et les céramiques du musée Sandelin leur sortent par les yeux, par contre un auteur, ça fait rêver, les mots redeviennent gracieux et soudain, le quotidien, la pluie et les 10 degrés finissent en poésie.

Après un bref serrement de mains/il est parti pour les voyages/Il n'est plus resté que les choses (…)[1].

1. « L'Amitié », *Exister*, Jean Follain, Gallimard, 1947.

— À une lettre près tu étais écrivain, murmura Jeanine dans un sourire gris. Tu étais quelqu'un d'autre. Comme moi.

La nuit tombait. Ils avaient repris la route après s'être séparés de la tante devant la bibliothèque audomaroise. La tante était partie à vélo (engin qu'elle utilisait chaque jour quelle que soit la météo – par solidarité avec le postier et par amour de l'écrivaillon de l'histoire des canaux des Basse et Haute Meldyck devenus canal de Saint-Omer).

Dans le *véhicule de courtoisie*, Jeanine Foucamprez se tenait recroquevillée, les deux pieds sur le siège, comme on le fait parfois quand on a besoin de se recomposer. Ou qu'on a froid, tout simplement, à l'intérieur de soi.

— Un jour, j'ai voulu aller aux États-Unis pour la rencontrer.

Je voulais qu'elle se voie. Qu'elle imagine ce que pouvait être ma vie avec son visage à elle. Sa bouche, ses pommettes, ses seins. J'ai pensé que ça pouvait être terrifiant pour elle aussi, le fait qu'elle existe en double. Qu'elle découvre qu'elle n'est pas unique.

Pas rare. Il y a trois mois, la rédaction de *Beauté Conseils* l'a désignée *plus belle femme du monde*. (Elle eut un sourire amer.) Je suis la plus belle femme du monde, Arthur. La plus belle femme du monde, et ma vie est la plus merdique du monde. Qu'est-ce qui nous sépare elle et moi ? Le fait que je sois née deux ans après elle ? Deux ans trop tard ? Qu'elle est la lumière, moi l'ombre ? Pourquoi on n'échange pas nos vies ?

Dehors, les champs chauves, interminables, où d'ici un mois on sèmerait le blé. Quelques gouttes de pluie, lourdes, sur le pare-brise ; mais l'orage n'éclatera pas.

Je n'y suis pas allée finalement. Pour quoi faire ? Pour m'entendre dire d'arrêter de lui ressembler ? Refaites-vous le nez. La bouche. Mettez des lentilles de couleur, mademoiselle la plouc. Faites-vous pigmenter la peau. Réduisez la taille de vos nibards. Allez, dégagez. Arrêtez de lui ressembler. Trouvez-vous. Trouvez votre petite âme. Ne restez pas là, barrez-vous. Ne lui ressemblez plus, vous lui faites du tort. Ressemblez à quelqu'un d'autre si vous voulez. Ressemblez-vous. Arthur Dreyfuss pensa alors aux visages parfois croisés dans les magazines ou aux Galeries Lafayette à Amiens, ces femmes qui, pour ressembler aux autres, se faisaient poncer les os des pommettes, arracher les molaires pour creuser leurs joues, gonfler les lèvres pour une promesse de volupté, et tirer vigoureusement les paupières comme un store sur la jeunesse perdue, les illusions envolées ; alors la fraîcheur rosée de Jeanine Foucamprez lui apparut soudain être la vraie beauté : l'estime de soi.

Je n'y suis pas allée finalement. Et s'ils avaient eu pitié ? Parce que je suis peut-être un monstre. Ils m'auraient offert d'être son double. Son ombre. L'ombre de son ombre, comme dans la chanson. J'aurais été envoyée chez Balthazar ou au Mercer et poursuivie à sa place par les mouches à merde pendant qu'elle filait voir un nouveau *boyfriend* en cachette. Sa doublure dans les scènes de cul. De ce côté-là, elle est plutôt tiède dans ses films. Elle ne montre jamais ses seins. On a presque les mêmes mensurations, tu sais. 93-58-88 pour elle. 90-60-87 pour moi. Je ne peux même pas trouver un boulot avec la tête que j'ai, Arthur. Je suis juste bonne à faire la pouffe dans des supérettes ou des robes de mariée, et il n'y a pas un seul type qui n'essaie pas de me mettre la main au cul ou de me fourrer dans son pieu pour voir ce que ça fait de tringler Scarlett Johansson. Pardon. Je suis vulgaire. Parce que je suis triste.

Arthur Dreyfuss était triste aussi.

— Tu ferais quoi si tu étais elle ?

Alors Jeanine Foucamprez déplia son corps retrouvé et sourit. Enfin.

C'est con comme question. Mais c'est drôle. Alors 1) Je me tuerais pour foutre une paix DÉFINITIVE à Jeanine Isabelle Marie Foucamprez, ici présente. 2) Je brûlerais toutes les copies de *Love Song*, où je me trouve nulle-nulle-nulle. 3) J'épouserais celui qui m'aimera les yeux fermés. 4) J'essaierais de faire un disque avec Leonard Cohen. 5) Un film avec Jacques Audiard. 6) J'arrêterais de faire de la pub qui fait croire qu'on est plus belle avec un sac

Vuitton ou une crème L'Oréal par exemple. 7) J'expliquerais aux petites filles que ce n'est pas la beauté qui est aimable mais l'envie, et que si elles ont peur, il y a toujours une chanson qui peut leur sauver la vie. 8) Je ferais un disque avec toutes ces chansons-là. 9) Je produirais un film pour ma grande sœur Vanessa et je gâterais ma mère jusqu'à l'infini ! 10) Je dirais aux gens de réélire Barack Obama dans deux ans, et 11) comme je serais très très riche avec tous mes rôles de vedette, je prendrais un avion, un billet de première classe mon cher. Je boirais du Taittinger Comtes de Champagne pendant tout le vol. Je picorerais du caviar. Et je viendrais ici. J'arrêterais ma carrière comme Grace Kelly, et je resterais avec toi. Si tu veux.

Arthur Dreyfuss fut bouleversé.

Il stoppa le *véhicule de courtoisie* sur le côté, laissa le moteur tourner et la regarda. Elle était belle et ses joues brillaient, des larmes montèrent à ses yeux de garagiste et il lui dit merci. *Merci.* Parce que si Follain lui-même ne l'utilisait pas dans ses merveilleux assemblages, c'est qu'il devait être un mot rare, précieux, un mot de toute beauté qui se suffit à lui-même. Et qu'à cet instant précis, Arthur Dreyfuss voulait un mot rare.

Plus tard, lorsqu'ils reprirent la route, il lui sembla avoir vieilli.

Ils arrivèrent au cœur de la nuit. Jeanine Foucamprez somnolait sur le siège passager. Ils traversèrent Long en large jusqu'à rejoindre la petite maison d'Arthur Dreyfuss, sur la départementale 32, en haut du village.

Ils s'étaient arrêtés sur la route pour faire le plein d'essence, en avaient profité pour boire un café en grains (hum, hum) et manger un sandwich sous plastique, mou, insane, dont la mie collait au palais ; un sandwich pour édenté, avait-il dit, et elle avait souri, et ils avaient alors pensé à sa mère et s'étaient soudain trouvés cruels.

Une fois dans la maison, Jeanine Foucamprez avait déposé un baiser léger sur sa joue, merci, c'était une belle journée Arthur, je n'ai jamais été aussi bien depuis que je chantais *My Heart Will Go On* (la B.O. de *Titanic*) en descendant l'escalier avec ma tante, puis elle monta l'escalier justement, jusqu'à sa chambre, où elle s'effondra sur le lit, percluse de fatigue et d'émotions.

Arthur Dreyfuss s'assit sur le canapé où il dormait depuis quatre nuits et ne dormit pas.

Qu'est-ce que Jeanine Foucamprez, sous les traits magnifiques de Scarlett Johansson, était venue faire dans sa vie ? Elle l'avait trouvé joli, mignon ; elle avait dit *cute* le premier soir, *you're so cute, so cute*, elle avait eu envie de le revoir après qu'il eut réparé le vélo d'une enfant, et elle avait débarqué comme ça, à l'aube de la nuit, il y avait quatre jours, avec son faux Vuitton Murakami et trois affaires, pas de quoi tenir une semaine ; il s'étaient embrassés une fois, ça avait été un baiser pour ne pas trembler, ne pas pleurer après que Scarlett Johansson fut revenue la hanter au restaurant ; pas encore des fiançailles. Il la trouvait attirante (Scarlett Johansson quand même) mais Jeanine Foucamprez l'attirait aussi. Il aimait ses failles de porcelaine. Ses chutes. Toutes ces choses brisées à l'intérieur, comme chez lui. Ces choses peut-être, comme l'écrivait Follain, *qui attendent que les délivre une écriture*[1]. Mais après. Après.

C'est quoi une vie après, avec Scarlett Johansson à votre bras qui n'est pas Scarlett Johansson, mais que l'on croit être Scarlett Johansson jusqu'au moment où la raison vous convainc du contraire parce que Scarlett Johansson ne peut pas être à la remise du prix Nobel de la paix à Oslo (Norvège) au bras de Michael Caine, et en même temps à Long (France) ; qu'elle ne peut pas donner la réplique pendant trois mois au Cort Theater à New York (138 West, 48th Street) dans *A View From the Bridge* d'Arthur Miller, et discuter en même temps de la fraîcheur

---

1. « Apparences », *Des heures*, Jean Follain, Gallimard, 1960.

d'une daurade à l'Écomarché de Longpré-les-Corps-Saints.

C'est quoi une vie après, avec Scarlett Johansson. Vous êtes d'abord juste son nouveau petit ami et de surcroît totalement inconnu ; un paparazzi vous traque jusqu'à la plage d'Étretat ou celle du Touquet ; le téléobjectif vous découvre une tache de naissance sur la jambe gauche, au niveau du psoas – dix centimètres sous la fesse, et une fois l'image publiée, *Point de Vue* s'émerveille sur ce signe de noblesse, *Voici* sur la suspicion d'un suçon gourmand et *Oops* sur un cancer de la peau. Les mensonges commencent.

De l'essence ou de la chair, où est la vérité. Les images se bousculent dans sa tête. Il imagine un corps comme un manteau. On s'en débarrasserait, on pourrait le pendre, l'abandonner à une patère lorsqu'il ne convient plus. En choisir un autre, qui vous va mieux, qui révèle plus précisément, plus élégamment la silhouette de votre âme. La taille de votre cœur. Mais cela n'existe pas ; au lieu de l'apprivoiser, de lui apprendre un nouveau vocabulaire, des nouveaux gestes, on taille dedans. On coupe à grandes lames, on rapièce, on recoud. On dénature. Le manteau ne ressemble plus à rien ; un chiffon, une lamentable peau de chamois. Tant de femmes effrénées rêvent de ressembler à autre chose. À elles-mêmes peut-être, à elles-mêmes en mieux. Mais le chagrin et le mensonge sont toujours là. Ils ne vous quittent jamais. Comme un nez Claoué au milieu de la figure. Quand on s'abandonne soi, on se perd toujours. Il devine le poids du corps, le poids de leurs douleurs, parce que Jeanine lui parle des siennes ; mais dans ton malheur tu es belle, Jeanine. Tu ne connais pas la disgrâce des laides qui se savent belles et que le mépris tue, regard après regard, à chaque instant, à tout petit feu. Tu ne connais pas la pesanteur des corps épais qui se sentent oiseaux. Plumes. Parfums. On devrait être vu comme on se voit : dans la bienveillance de notre estime de soi. Il sourit. Il sent les mots pousser, se mettre en place pour dessiner le changement du monde. Il ressent une grande joie. Il se demande si, plus encore que son corps miraculeux, ce n'est pas la fragilité de Jeanine qui le bouleverse le plus.

La douceur d'une feuille qui tremble[1], avait écrit Follain. La douceur d'une feuille qui tremble. Ton incroyable douceur, Jeanine ; cette fragilité qui possède le don de rendre PP plaisant, élégant même, dans les images de ses mots ; le don de rendre Christiane Planchard et toutes les filles du salon gracieuses et légères comme des petites fées autour de toi ; ta douceur qui apaise ; tu es une rencontre dont on sort ému, bouleversé, « c'est troublant la beauté », m'a chuchoté Chantal, la shampouineuse, lorsque tu découvrais tes cheveux courts et que tu as eu envie de pleurer, une rencontre qui rend également plus tolérant ; elle a ajouté « mais c'est dangereux aussi la beauté, ça attire tout ce qui peut la détruire », et j'ai compris que ta douceur pouvait faire le bien et le mal, comme une arme, des mots mal arrangés, comme cette nuit à la station-essence,

---

1. « Aux choses lentes », *Exister*, Jean Follain, Gallimard, 1947.

lorsque ce parfait couillon, vulgaire, fétide, le corps à l'abandon, les ongles rouillés, t'a parlé comme à une pute parce que beaucoup de types pensent qu'une femme avec une grosse poitrine est toujours une pute.

Arthur Dreyfuss avait failli faire le coup de poing avec le couillon méphitique, mais Jeanine Foucamprez l'en avait empêché d'un « laisse-le, tu te salirais les mains », et Arthur Dreyfuss avait aimé cette réplique. Il s'était senti important pour elle. Et c'était cela la chose la plus déconcertante.

Avec Scarlett Johansson à votre bras, enfin, Jeanine Foucamprez, vous n'étiez plus le même homme. Vous étiez le sien. Vous étiez *son* homme. Et les femmes et les hommes vous dévisageaient, parfois aimablement, souvent sévèrement, en se demandant pourquoi *vous* ; qu'aviez-vous de si différent ; qu'aviez-vous qu'ils (ou elles) n'avaient pas.

Et lorsqu'ils trouvaient enfin la réponse, elle les rendait malheureux, parfois cruels.

Vous les priviez.

Arthur Dreyfuss s'endormit sur le canapé au moment où Jeanine Foucamprez descendit de sa chambre. Dehors, le cinquième jour de leur vie se levait.

Jeanine Foucamprez attrapa la couverture qui avait glissé jusqu'au sol, en couvrit le corps du garagiste, doucement, comme le font les mamans, et elle frissonna en pensant que depuis ses neuf ans, la baignoire, le photographe porcin, sa mère ne l'avait jamais plus embrassée ni réchauffée. Qu'elle n'avait jamais plus pleuré dans ses bras, jamais plus été une petite fille.

Elle fit chauffer l'eau pour la Ricoré (ils n'avaient pas encore acheté de café, pas encore fait les courses comme on le fait pour une maison dans laquelle on vit à deux) ; elle y trempa deux biscottes (sans beurre ni confiture, pour la raison ci-avant et parce qu'un garçon de vingt ans qui vit seul n'est pas forcément le meilleur ami culinaire de lui-même).

Puis elle le regarda.

Depuis le jour où la citerne de lait s'était renversée sur l'autoroute A16, la tapissant de blanc et obligeant le chauffeur du car de la tournée Pronuptia à un détour qui les mena jusqu'à Long, jusqu'à son destin, Jeanine Foucamprez était amoureuse de lui, nostalgique du rire de l'enfant.

À la seconde où elle le vit, elle aima tout en lui. Sa démarche ; son corps maladroit qui flottait dans sa salopette, ses mains noires d'huile, comme des gants de cuir, brillants, ses mains puissantes, lui sembla-t-il (il n'était pas le fils de l'agent forestier braconnier, du pêcheur resquilleur pour rien) ; son beau visage, si beau, presque féminin parfois, nulle arrogance n'y affleurait d'ailleurs : il ne semblait même pas savoir qu'il était beau ; sa candeur ; oui, elle s'était sentie nouille ce jour-là, petite fille débarquant au bout du bout du monde (*pour mémoire* : Long, 687 habitants, commune picarde de 9,19 kilomètres carrés appartenant au canton de Crécy-en-Ponthieu, où eut lieu la célèbre bataille de Crécy le 26 août 1346, une authentique boucherie, des milliers de morts français sous la pluie de flèches des archers d'Édouard III – et c'est à peu près tout) ; ce terminus où, avec un peu de chance, elle pourrait enfin disparaître avec un gentil (un vrai, et le rire de l'enfant fut cette bénédiction) ; oublier Scarlett Johansson ; oublier la cruauté des hommes, la lâcheté des hommes, les propositions sordides.

Oublier le corps découpé de l'enfant par l'objectif de l'appareil photo. L'indécence. Les gros plans. Le sexe, l'incision ultrafine, comme un cheveu. La trahison de ceux censés vous aimer. L'abandon, l'effroi. Je t'ai haïe toutes ces années maman. J'ai haï ton silence. Il me faisait vomir. Me couper la peau. Me faire du mal. J'enfonçais des aiguilles dans mes lèvres. Je voulais me faire taire. Comme toi. J'ai prié qu'il te quitte pour mille traînées de mon âge. Je voulais que tu sois morte. Seule. Que tu sois laide, et pues le saindoux. Dis-moi que tu m'aimes maman, même un peu. Dis-moi que je suis propre. Que j'aurai une jolie vie. Tiens, attrape mes mains. Regarde. J'ai appris la valse, la polka, la carmagnole, je peux t'apprendre maman. Dansons toutes les deux. Tes baisers me manquent. Le son de ta voix.

Oublier les médicaments qui abrutissent, liquéfient. Éloigner l'envie parfois d'en avaler toute une boîte pour dormir, comme la belle Marilyn Monroe, la troublante Dorothy Dandridge. Dormir et s'arrêter là, à l'aube de la grâce. Se diluer comme une aquarelle. S'évanouir, s'envoler ; voler jusqu'à retrouver les bras chauds du pompier blond, quelque part dans le ciel, et laisser enfin toutes ses larmes couler. J'ai tant de larmes qu'elles pourraient remplir une rivière. Tant d'eau pour éteindre tous les feux du monde, pour que tu ne brûles pas mon petit papa. Pour que tu ne meures pas. Ne me laisse pas toi aussi. Les hommes sont méchants, méchants, et pour les faire disparaître, c'est moi qui dois disparaître. C'est à moi que je dois faire du mal. Papa. J'ai mal.

Et une nuit de fin de tout, sans aube possible, alors que Céline Dion chantait à la radio cette chanson bouleversante : *Vole vole petite aile/Ma douce, mon hirondelle/Va-t'en loin, va-t'en sereine/Qu'ici rien ne te retienne/Rejoins le ciel et l'éther/Laisse-nous laisse la terre/Quitte manteau de misère/Change d'univers*, Jeanine Foucamprez cracha les cachets qui étaient en train de l'étouffer, le poison qui l'emportait déjà, somnolente et indolente ; les huit grammes d'Immenoctal, les cinquante comprimés de Drama-mine, selon les recettes du livre interdit[1].

Elle vomit le dégoût de tout ; l'épouvante, les ténèbres.

Une chanson l'avait rattrapée. Une chanson avait retenu la chute et Jeanine Foucamprez avait cette nuit-là vu son salut : retourner là-bas, au jour où elle l'avait aperçu.

Son ange.

Elle arriva à Long le lendemain soir. À 19 h 47 précises, elle frappa à la porte d'Arthur Dreyfuss, épuisée, les cheveux sales, les yeux cernés. Mais vivante.

1. *Suicide, mode d'emploi*, Guillon et Le Bonniec, Éditions Alain Moreau, 1982.

JEANINE, SCARLETT ET ARTHUR

PP les prévint par téléphone quelques minutes avant.

— C'est le maire ! Il est venu au garage avec une journaliste et une vieillerie qui a la même coiffure que Björk !

(Probablement cette demoiselle Thiriard, dont les ciseaux de Christiane Planchard, surprise par l'arrivée impromptue dans son petit salon de coiffure de l'actrice à la renommée mondiale, avaient ripé et massacré la frange sexagénaire.)

— Je leur ai dit que tu devais être chez toi, ils sont tous partis en courant, même la vioque ; ils arrivent, bon, je te laisse !

Il raccrocha ; Arthur Dreyfuss fit la grimace, Jeanine Foucamprez haussa les épaules et, dans un joli sourire : c'est souvent comme ça. Je rends les gens dingues.

On frappa à la porte. Laisse-moi faire Arthur, et elle alla ouvrir.

Sur le seuil de la porte se tenaient Gabriel Népile, maire de Long (2008-2014), une journaliste du *Courrier picard* (rubrique Infos locales, Amiens et ses environs), et Mlle Thiriard, professeur d'anglais retraitée ; tous les trois ouvrirent la bouche en cul de poule (mais alors un cul large, un cul majuscule) en découvrant Scarlett Johansson, sublime dans une chemise d'homme – une de celles d'Arthur Dreyfuss –, les jambes nues, lisses, gracieuses, les pommettes hautes et brillantes, un bol de Ricoré à la main. *Hello*, lâcha-t-elle dans un anglais parfait. La vieille voix de Mlle Thiriard se fit entendre : elle nous dit *bonjour*. On avait deviné, marmonna le maire. *What can I do for you ?* demanda la célèbre brune plus connue en blonde. Mlle Thiriard traduisit à nouveau : elle demande *ce qu'elle peut faire pour nous.*

(À partir d'ici, et pour éviter une fastidieuse version bilingue de la discussion qui suivit, nous ne retranscrirons que les questions et les réponses en français.)

— Je me présente, je suis Gabriel Népile, maire de cette commune, et c'est un honneur de vous compter parmi nous.

— Oh, merci vous.

— Voici Madame Rigodin, journaliste locale, et Mademoiselle Thiriard, notre interprète.

— Beau de voir vous.

— Peut-être accepteriez-vous de répondre à quelques questions de Mme Rigodin ?

— Avec du plaisir.

— Madame Scarlett Johansson, êtes-vous à Long pour une visite privée ou pour la préparation d'un film ?

— Je visite Arthur mon ami.

— Ah. Vous voulez dire que M. Dreyfuss, notre apprenti garagiste, est votre ami.

— Votre interprète traduit-elle mes réponses ?

— Voulez-vous dire votre garçon-ami ?

— Je suis en mariage.

— Avec M. Reynolds nous le savons. Bien, bien. Donc M. Dreyfuss n'est pas votre garçon-ami. Quels sont vos projets de films ?

— *We Bought a Zoo* de Cameron Crowe, et *The Avengers* de Joss Whedon. Je chanterai d'ailleurs dans le Cameron film.

— Intéressant.

— Et je prépare le troisième disque, peut-être pas avec Pete Yorn cette fois. Et si vous voulez savoir tout, je trie mes déchets. J'essaie de manger bio, mais je ne suis pas convulsive (?) de ça. Je ne suis pas enceinte. Dans mon opinion, j'ai deux kilos de perdre. Je n'ai pas le sexe tout nu parce que je trouve que ça fait porno star, sans le cheveu c'est comme une viande d'onglet, beurk, et que j'aime très beaucoup la toison (ou *touffe* – l'interprète hésita) de Maria Schneider dans *Le Last Tango de Paris* et... Oh, vous avez toute la figure dans le rouge.

— Ah ? Euh, j-je... Qu'aimez-vous particulièrement dans notre commune ?

— Le garage de les voitures. Et le Arthur.

— Allez-vous rester longtemps parmi nous ?

— Je dois être à Los Angeles le septembre 22.

— Merci. Je crois que je n'ai plus de questions, monsieur le maire.

— Mademoiselle Johansson, accepteriez-vous de participer à une petite vidéo sur notre belle commune, un petit tour du village à nos côtés, pour le site Internet de la mairie ? Nous pourrions voir notre beau château Louis-XV, notre centrale hydro-électrique, cheminer le long des étangs…

— Pourquoi non ?

— En effet. Et quelques photos pour notre bulletin municipal ?

— Ok. Si maintenant.

— Si maintenant ?

— Vous n'avez pas de le iPhone ?

— Ah non.

— Moi, j'ai un Sony Ericsson qui prend des photos !

— Ericsson-Johansson, vive la Suède !

— Je suis d'origine de danoise.

— Euh, pardon. Désolé. Merci, madame Rigodin. Tenez, je me mets à côté de Mme Johansson, enfin, euh Mme Reynolds… pouvez-vous prendre la photo, s'il vous plaît. On me voit bien ?

— Vous ne voulez pas poser ce bol ?

— J'aime Ricoré de le Arthur.

— Dites « fromage ».

— Mademoiselle Thiriard !

— Vous m'avez fait venir pour traduire, je traduis.

— Fromage.

— Voilà, voilà. Eh bien merci Scarlett, excusez-nous pour le dérangement, mais ce n'est quand même pas tous les jours, vous savez, c'est même la première fois qu'on a une vedette dans notre village…

— Dans le *trou dou cou.*

— Hum. On a eu Daniel Guichard en 1975…

— Je veux parler d'une vraie vedette, mademoiselle Thiriard, internationale, avec des Oscars… bon, on se comprend. Bravo Arthur, c'est une bien belle amie que tu as là, une bien belle femme, tu as de la chance, ne traduisez pas, Ginette (Thiriard, *ndlr*) ; viens me voir à la mairie dès que tu as une minute.

— Appelez-moi aussi au journal, Arthur, voici ma carte.

Quand le trio se fut éloigné, Jeanine Foucamprez et Arthur Dreyfuss éclatèrent de rire ; un rire qui avait une jolie musique, un parfum de sales gamins, l'éclat de joie des farces inconséquentes qui sont le ciment des enfances heureuses.

Il faisait beau en ce cinquième jour, ce qui provoqua une certaine allégresse chez Jeanine Foucamprez : elle eut envie de sortir ; aller quelque part, où il n'y a personne d'autre que toi Arthur et surtout, surtout pas Scarlett Johansson.

Une dizaine de minutes plus tard, ils étaient à bord du *véhicule de courtoisie.* Arthur roulait vers le sud-est, à une petite centaine de kilomètres de là. Dans l'auto, ils écoutèrent la radio ; chantèrent parfois sur les chansons qu'ils connaissaient ; tu as déjà fait une *playlist* pour quelqu'un ? demanda Jeanine Foucamprez. Non. Je t'en ferai une Arthur, rien que pour toi. Ça sera la *playlist* de la plus belle femme du monde, c'est-à-dire moi ! Et elle rit, facétieuse ; elle voulait enfin tomber du côté du bonheur, mais Arthur Dreyfuss perçut dans cet éclat les quelques notes rauques de la tristesse.

Ils arrivèrent à Saint-Saëns (Seine-Maritime) vers 11 h 30, garèrent la petite Honda aux abords de l'immense forêt domaniale d'Eawy, et y pénétrèrent.

À l'ombre des grands hêtres – le fût de certains dépassaient les trente mètres –, l'air était plus frais :

ils se rapprochèrent l'un de l'autre, leurs doigts se touchèrent, s'épousèrent, et ils marchèrent ainsi, main dans la main.

Jeanine Foucamprez le regarda longuement. Ici, ses yeux brillaient, son corps maladroit s'allégeait comme celui d'un danseur, elle eut l'impression qu'il se mouvait sur les feuilles mortes comme les naucores sur l'eau ; ici, les fragilités et les peurs d'Arthur s'éclipsaient ; ici, *sous son bras déjà fort/sans rien regarder des arbres/il tenait farouchement/les figures du monde entier.* C'est dans cette forêt que mon père a disparu, quelque temps après que le chien a dévoré Noiya. Le soir, après l'école, je passais par ici. Je l'attendais. Il allait revenir, on ne quitte pas son enfant comme ça, pas le seul qu'il vous reste. Je l'attendais. J'attendais ici le soir que sa tristesse *se perde dans la lumière*, qu'elle s'évanouisse dans *les sanglots du vent*[1]. La joie doit triompher. Jeanine se colla à lui, comme une ombre. Non ; il y a des chagrins inconsolables. C'est ici que je me souviens le mieux de lui. Il parlait ici, il murmurait aux troncs des arbres. Il me racontait la forêt. C'était une immense chênaie tout ça, avant ; mais les bombes de la guerre l'ont scalpée, tondue, et les hommes ont replanté des hêtres qui poussent plus vite parce que les hommes ont peur du vide et du chauve qui rappelle la honte et la trahison. Toutes nos défaites. Bien que leurs corps se tinssent chaud, Jeanine tremblait. Les mots du garagiste la bouleversaient, inattendus,

---

1. « Larmes », *Exister*, Jean Follain, Gallimard, 1947.

comme les notes magnifiques qu'un jeune enfant accouche d'un violon. Il m'apprenait les frênes, les charmes, les érables, les sycomores. Je préférais les merisiers parce qu'on les appelle les *cerisiers des oiseaux*. Ils ont tellement besoin de lumière qu'ils grandissent plus vite que les autres. Comme toi, Jeanine ; comme moi aussi. Elle frissonna. J'ai attendu mon père en regardant en l'air. J'étais convaincu qu'il avait grimpé dans un arbre comme le Baron Perché. Le quoi ? demanda-t-elle. Dans un livre, un petit baron italien de douze ans qui a décidé de vivre dans un arbre. Ils sourirent tous deux ; ils étaient à nouveau dans ce temps d'avant, ce temps que Paulhan résuma si joliment dans le titre d'une de ses nouvelles : *Progrès en amour assez lents*. Je croyais que ton papa était mort, Arthur ; je croyais ça. Je ne sais pas, Jeanine. Peut-être. Est-on mort quand il n'y a pas de corps ?

Jeanine Foucamprez vint se placer face à Arthur Dreyfuss, sa main froide caressa son beau visage, caressa la buée qui sortait d'entre ses lèvres, caressa l'infime qui les séparait encore ; ils ne s'embrassèrent pas, tout était parfait sans baiser ; puis elle posa sa tête sur son épaule ; ils traversèrent l'impressionnante allée des Limousins, s'enfoncèrent dans les ombres humides de la forêt ; ils marchèrent lentement, en titubant un peu à cause de leur différence de taille mais aussi parce qu'il n'est jamais facile d'être parfaitement synchrones au début d'une histoire d'amour. On doit apprendre à écouter, et non seulement ses mots, mais son corps, sa vitesse, sa force, sa faiblesse et ses silences qui déséquilibrent ; on doit perdre un peu de soi pour se retrouver dans l'autre.

Dans *Un été 42*, il y a un garçon de quinze ou seize ans qui s'appelle Hermie, ça se passe en Nouvelle-Angleterre, et c'est l'été. Il rencontre une femme, Dorothy, son mari est parti à la guerre, je vais pleurer Arthur, le bras du garagiste la serra plus fort, *farouchement* ; il essaie de la séduire bien qu'elle ait le double de son âge, Jeanine renifla doucement, bien qu'elle soit très amoureuse de son mari. À la fin, elle reçoit un télégramme qui, ça y est, une première larme jaillit, je suis si nouille, qui dit que son mari est… mort, la main d'Arthur broie doucement la sienne maintenant, ses mots pour ne pas l'interrompre, alors… alors elle fait l'amour avec le garçon, c'est si beau, si beau Arthur, c'est… et il y a cette musique incroyable, c'est un *lento* de l'exacte vitesse d'un cœur qui bat. À l'aube, elle est partie. Elle a laissé quelques mots sur une feuille. Ils ne se reverront jamais. Les doigts d'Arthur, dont la pulpe est étonnamment douce malgré les outils et les moteurs, essuient les larmes de la plus belle fille du monde ; ses doigts tremblent.

— Pourquoi le bonheur c'est toujours triste ? demande-t-il.

— Parce qu'il ne dure jamais peut-être.

Il retournent vers le *véhicule de courtoisie* (ils n'ont croisé personne, ni tout à l'heure ni maintenant, et Arthur en est fier ; un endroit sans Scarlett Johansson, avait-elle insisté) ; son portable sonne et il hésite à répondre à cause de la beauté grave, envoûtante, de l'instant, de la proximité peut-être de son père, mais comme on ne l'appelle jamais, il pressent quelque chose d'important. Excuse-moi Jeanine. Allô ?

C'est l'infirmière en chef du centre hospitalier d'Abbeville.

— Votre maman a mangé son avant-bras gauche et réclame Elizabeth Taylor.

— Autophagie, dit l'infirmière, quarante-cinq minutes plus tard, dans le couloir où elle les accueillit – un couloir d'hôpital, on connaît tous, néons, visages verdâtres, nouvelles mauvaises, et parfois un sourire sur un visage épuisé, une chance, quelques mois de plus, l'envie d'embrasser la terre entière ; le médecin l'a vue, il parle de démence, on attend ses résultats de tests, mais le poids de son cerveau a déjà beaucoup diminué.

Arthur Dreyfuss eut envie de pleurer.

Il s'aperçut qu'il ne connaissait pas sa mère ; cette vieille femme de quarante-six ans aux dents perdues qui mangeait son bras comme un doberman avait mangé sa fille ; il ne savait rien d'elle, aimait-elle Mozart, les Beatles, Hughes Aufray, préférait-elle les vins de Suisse, ceux de Savoie ou de Bourgogne, avait-elle eu des allergies, la varicelle, avait-elle voulu mourir d'amour, d'abandon, avait-elle lu *Le Baron Perché*, vu *Un été 42*, *La Demoiselle d'Avignon* ou *Angélique, marquise des anges*, laquelle avait-elle voulu être, Marthe Keller ou Michèle Mercier, avait-elle aimé faire l'amour, regarder les avions s'écraser sur les pieds de Roger Gicquel, aimait-elle Pierre Lescure, Harry Roselmack, la salade niçoise, les mille-feuilles au saumon fumé de chez Picard, le *kalb el louz* (gâteau de semoule, amande et miel), les chansons de Michel Sardou, de Jacques Dutronc, et moi et moi et moi m'aimait-elle ? En marchant vers la chambre où elle se reposait, Arthur Dreyfuss prit conscience qu'il l'avait perdue de son vivant, qu'il l'avait laissée dériver au fil de l'eau de ses larmes (et du vermouth) ; que son amour maladroit et approximatif de fils n'avait pas rempli le vide laissé par la disparition de Noiya *Beauté de Dieu*. Il ressentit soudain les années perdues, à jamais ; les mots, les gestes, la tendresse prodigue, tout ce qui peut sauver des désastres. Arthur Dreyfuss avait attendu son père des années en regardant la cime des arbres, sans voir qu'au même moment sa mère se liquéfiait à ses pieds ; alors oui, il se mit à pleurer ; oui, des larmes lourdes, grasses, comme celles d'un enfant qui prend soudain conscience, bien que Jeanine Foucamprez le lui ait soufflé un peu plus tôt dans la matinée, que rien ne dure jamais : une maman, un papa, et la terrifiante douceur des choses.

Il hésita, Jeanine Foucamprez prit sa main et le fit entrer dans la chambre, comme dans une église, et leurs cœurs battirent plus fort : Lecardonnel Thérèse était attachée à son lit. Son bras gauche était entièrement bandé – plus tard, on devra faire des greffes avait dit l'infirmière, et si elles ne prennent pas, amputer, poser une prothèse, rééduquer. Un tube entrait par son nez, un autre sortait de son bras droit. Le monitoring à côté d'elle émettait des bruits réguliers, menaçants et rassurants à la fois et, sur son visage, sous sa peau fragile comme une dentelle délicate à l'aiguille, affleurait celui de la mort ricanant.

— Je vous laisse quelques minutes, dit l'infirmière, au moindre problème appuyez là, sur ce bouton, quelqu'un viendra tout de suite.

Elle sortit ; Jeanine Foucamprez se tourna vers Arthur Dreyfuss, dis-lui quelque chose Arthur, c'est ta maman, elle t'entend, elle a besoin de tes mots, comme tout à l'heure, dans la forêt ; je n'ai pas de mots pour elle Jeanine, pas de mots, je suis terrifié. Alors, celle dont le corps confortable et rare faisait tourner les têtes et le monde, s'emballer les cœurs, celle dont le corps aimantait le pire comme le meilleur, s'approcha du lit, du corps moribond, immobile et triste, de la chair déliquescente, et ses lèvres d'un rouge de fraise s'entrouvrirent :

— Je suis Elizabeth Taylor, madame. Je suis votre amie et l'amie d'Arthur aussi. Arthur, votre fils. Il est là, avec moi. Je suis venue vous dire qu'il vous aime, de tout son cœur, de toutes ses forces, mais vous savez comme moi comment sont les garçons. Ils n'osent pas dire ces choses-là. Ils s'imaginent que ce n'est pas très viril. Mais à moi, je vous le jure, il l'a dit, Elizabeth il faut que je te dise quelque chose : j'aime ma mère et elle me manque, je comprends sa peine et sa douleur mais je ne sais pas quoi faire Elizabeth, on ne m'a pas appris, je voudrais lui dire que moi aussi Noiya me manque, que moi aussi, comme ma mère, je l'entendais encore rire dans sa chambre, que je l'imaginais grandir et écrire des jolis poèmes pour la fête des mères et un jour nous amener un beau fiancé, je voudrais lui dire, à ma mère, que j'ai pleuré quand papa est parti et que, comme elle, je l'attends toujours et que s'il ne revient pas c'est parce que c'est à nous de le trouver, de trouver son arbre, papa vit dans un arbre maintenant Elizabeth, il nous y attend pour qu'on y soit tous heureux, avec Noiya qui est avec lui, sur une jolie branche où poussent des fleurs d'un rose couleur de joues ; on ne doit pas être tristes, surtout. Voilà, madame, ce que m'a dit votre fils Arthur, à moi, Elizabeth Taylor, qui vous aime aussi et qui suis affligée de ne pas vous avoir connue plus tôt. Parce que moi aussi j'ai eu des peines et des enfers. Dès que vous irez mieux, nous pourrons en parler, attendre ensemble ceux qui nous manquent. Vous voulez bien ?

Il sembla alors à Arthur Dreyfuss qu'un doigt de la main faiblement attachée à l'avant-bras gauche de sa mère bougea, mais il n'aurait pu le jurer.

L'amour filial est terrifiant ; son but est la séparation.

Ils burent un café à la cafétéria du centre hospitalier, au milieu du malheur, des petites filles en survêtements GO Sport mauves, informes, qui rient sans comprendre, des pères qui tremblent à cause de la caféine, du manque de nicotine et d'amour.

Ils se regardaient en silence ; Arthur Dreyfuss se demanda pourquoi, dans la vraie vie, il n'y avait pas soudain de la musique, comme au cinéma ; de la musique qui emporterait tout, les sentiments, les réticences, les pudeurs ; et si là, maintenant, dans la cafétéria de l'hôpital, il y avait eu celle d'*Un été 42* par exemple (Michel Legrand), *Poland* (Ólafur Arnalds) ou un bon vieux Leonard Cohen, il aurait pu être emporté à son tour et oser braver les mots, lui dire je t'aime, et elle aurait pris sa main et l'aurait embrassée et elle aurait eu les yeux brillants et aurait chuchoté, pleine de trac, tu es sûr ? tu es sûr que c'est moi ? et il aurait poursuivi, oui, oui je suis sûr, je t'aime Elizabeth Taylor, pour tout ce que tu as dit tout à l'heure à ma mère, je t'aime Jeanine Foucamprez pour tout ce que tu es, pour ta douceur, tes peurs et ta beauté. Je t'aime Jeanine. Malheureusement, il n'y a pas de musique de vie comme il y a des musiques de films ; rien que des bruits, des sons, des mots, des *cling* de machines à café, des *rrrr-pffft-rrrr-pffft* de roulettes de brancards et des larmes, des cris parfois, qui rappellent que tout cela est affreusement réel, particulièrement dans un hôpital où se croisent les fous, les urgences, la peur, les adieux qui s'éternisent, et

(…) *de temps à autre il y a des ombres/une poitrine qui se révèle/une incertaine douleur/un goût très fin d'éternel*[1].

Ils se regardaient en silence et, bien qu'il n'y eût pas de musique Arthur Dreyfuss prit la main de Jeanine Foucamprez dans la sienne, la porta à ses lèvres, l'embrassa ; il osa même sortir quelques millimètres de sa langue pour goûter à sa peau : elle était parfumée et sucrée – *You can leave your hat on* aurait été merveilleux à ce moment-là –, il se prit alors à imaginer lécher tout ce corps, montagnes, crevasses, vallées et cascades. Jeanine Foucamprez eut un petit rire délicieux au contact de la langue sur sa main et elle ne la retira pas, et sans un mot et sans Joe Cocker, au milieu du réel et de l'éther, loin de la poésie, ces deux-là s'essayaient aux mots d'amour.

— Excusez-moi, excusez-moi, vous êtes Izzie Stevens ?

La voix qui s'excusait était celle d'une patiente de l'hôpital, âgée d'une soixantaine d'années, en robe de chambre ; elle avait le sourire simple, baveux, de cer-

---

1. « Les Journaliers », *Exister*, Jean Follain, Gallimard, 1947.

tains enfants. Vous êtes Izzie Stevens ? Vous n'êtes pas morte alors ? Oh, ce que je suis contente…

(Pour apprécier l'incongruité de cette réplique, il faut savoir qu'Izzie Stevens est un personnage de la série américaine *Grey's Anatomy* interprété par l'actrice Katherine Heigl, élue blonde la plus sexy de l'année – en 2007 – par *Vanity Fair* ; actrice aux mensurations dites parfaites : 90-65-90 et au physique, en tout cas dans les yeux d'une femme de soixante ans dont vingt sans doute devant le téléviseur de l'hôpital, comparable à celui de Scarlett Johansson. Dans la saison 5 de la série, Izzie Stevens, atteinte d'un cancer du cerveau, est laissée pour morte.)

— Vous n'êtes pas morte alors ?

Jeanine Foucamprez mit quelques instants à comprendre, et confirma que non ; non, je ne suis pas morte. La femme en robe de chambre poussa alors un effrayant cri d'orfraie, ce n'est pas vous, ce n'est pas votre voix ! pas votre voix ! vous êtes un fantôme ! vous êtes morte ! et s'enfuit en trottinant. (Il est vrai que dans la version française de *Grey's Anatomy*, c'est l'actrice Charlotte Marin, et non pas Jeanine Foucamprez, qui double Katherine Heigl.) Arthur Dreyfuss sourit ; Jeanine Foucamprez haussa les épaules, eut une moue chagrine, on m'a tout fait Arthur, j'ai tout eu, Uma Thurman, Sharon Stone, Farrah Fawcett, surtout l'année dernière quand elle est morte, Catherine Deneuve, Isabelle Carré, et même Claire Chazal, et comme toi avec ta maman, je voulais juste que quelqu'un s'approche un jour de moi et me dise, vous êtes Jeanine ? Jeanine Foucamprez ? Oh ce que vous êtes belle.

— Vous êtes Jeanine ? Jeanine Foucamprez ? Oh ce que vous êtes belle.

Alors la belle Jeanine Foucamprez eut un sourire aussi beau que celui de Scarlett Johansson sur l'affiche espagnole du *Journal d'une baby-sitter (O Diário de uma babá)* ; elle se leva, contourna la table en Formica, et vint embrasser pour la deuxième fois la bouche d'Arthur Dreyfuss – cachée derrière le meuble des plats chauds, la groupie jeanjean d'Izzie Stevens, le sourire brillant, la bave comme un gloss, applaudit silencieusement, prodigieusement heureuse ; c'était un baiser fougueux, puissant, électrique ; un baiser plein de vie, au milieu de la douleur et de la peur.

Ils reprirent la route après que le médecin eut confirmé le mal : augmentation des espaces liquidiens, perte des cellules de Purkinje, myélinolyse centrale du pont, diminution des ressources cognitives et vieillissement cérébral ; Lecardonnel Thérèse s'enfonçait dans la folie, inexorablement, et parce qu'Arthur Dreyfuss tremblait, il précisa qu'il n'y avait rien à faire, même si sa petite sœur Noiya revenait aujourd'hui, intacte, rien n'arracherait plus votre maman aux sables mouvants qui la dévoraient, l'avalaient désormais. Alors Arthur Dreyfuss se dit que cette fois il était orphelin. Même si le corps du braconnier n'avait jamais été retrouvé ; qu'il avait peut-être disparu au creux du lit d'une femme, étouffé chaque nuit dans des bras pulpeux, sous une large et chaude croupe de lait avant de ressusciter aux aubes ; que son corps pourrissait peut-être, dévoré, au fond des marais de Condé ou pendu à la plus haute branche d'un hêtre dans la forêt d'Eawy, les joues déchirées, les yeux crevés, les deux billes au bec d'un corbeau, face à la douce vallée de la Varenne. Orphelin.

Ils arrivèrent à Long en fin d'après-midi ; l'avant-dernier jour.

Quand ils passèrent devant le garage, PP leur fit signe de s'arrêter. Alors les amoureux, dit-il en riant (mais en regardant Arthur), toujours en *congé* ? Ça tombe bien, Julie (la troisième femme de PP) propose un barbecue à la maison ce soir si ça vous dit, y aura vous et sa sœur, c'est tout. Elle aime le cinéma, elle pourra parler avec Angelina ; qu'est-ce que t'en dis Arthur ? Arthur Dreyfuss se tourna vers sa jolie voisine qui opina, amusée.

La sœur, Valérie, avait eu des velléités d'actrice dans les années 1990, s'était inscrite aux cours du Théâtre 80 à Amiens, qui prodiguait « un apprentissage collectif et individuel de l'écriture et de la mise en espace » en plus des traditionnels travaux vocaux, respiratoires et corporels. À la présentation du spectacle de fin d'année, devant trente-sept personnes, le trac la rendit aphone, elle renonça alors à Hollywood et trouva une place de vendeuse à Nord Textile, où sa technique respiratoire et corporelle fit des merveilles au rayon lingerie.

Ils arrivèrent à 19 h 30 ; PP n'était pas là, il est allé chercher du petit bois au Super U de Flixecourt, l'excusa Julie, il ne devrait pas tarder ; ils apportaient une bouteille de champagne demi-sec L. Bénard-Pitois, chaud, le seul qu'ils trouvèrent chez Tonnelier, et à l'instant même où ils pénétrèrent dans le jardin, Valérie (voir ci-dessus) s'exclama : mais ce n'est pas du tout Angelina Jolie, PP, tu m'as dit n'importe quoi, c'est Reese Witherspoon, oh là là, qu'est-ce qu'elle est belle ! Oh mon dieu ! Vous parlez français ?

Reese Witherspoon rit et son rire fut charmant, aérien. Oui Valérie, dit-elle, je parle français, et je suis sincèrement désolée de vous décevoir, mais je ne suis pas Reese Witherspoon, ni Angelina Jolie, et pas davantage Scarlett Johansson, même si je sais que nous nous ressemblons trait pour trait.

Valérie reposa son verre parce qu'elle sentit que c'était un moment important, qu'elle avait un peu honte de sa gaffe.

— Je m'appelle Jeanine Foucamprez. J'ai vingt-six ans. Je suis née à Dury, à quelques kilomètres d'Amiens. C'est un village fleuri, il y a une belle randonnée pédestre et une association hippique. Je n'ai pas connu mon père qui était pompier parce qu'il est mort brûlé avant ma naissance. En essayant de sauver une vieille dame. Il ne m'a laissé qu'une chose. Ce visage. Ma mère disait que j'étais un magnifique bébé. Puis une petite fille ravissante. Le maire de Dury voulait créer un concours de Miss rien que pour moi. Une petite fille ravissante. Ça m'a valu des ennuis avec mon beau-père. Des trucs moches. Qui donnent envie de partir. Comme Jean Seberg dans sa voiture.

Puis ma mère ne m'a plus jamais trouvée jolie. Plus jamais parlé. Je ne sais pas ce qu'elle est devenue. J'ai vécu chez ma tante. Il y a sept ans, tout le monde a découvert mon visage dans *Lost in Translation*. Depuis le jour de sa sortie, le 29 août 2003, je hais mon visage. Je le hais à chaque seconde, à chaque instant. À chaque fois qu'une fille me regarde avec mépris en se demandant ce que j'ai de plus qu'elle. Chaque fois qu'un type me mate et que je me demande s'il va m'aborder, me toucher, sortir un couteau, un cutter, exiger une pipe ou simplement vouloir un autographe. Peut-être juste un café. Juste un café. Mais ça n'arrive jamais. Ce n'est pas moi qu'il regarde. Pas moi qu'il trouve jolie. Ce n'est pas moi.

Mon corps est ma prison. Je n'en sortirai jamais vivante.

Jeanine Foucamprez baissa un instant les yeux, Valérie eut envie de la prendre dans ses bras, n'osa pas ; c'est si difficile la peine des autres. Elle tendit la main vers Arthur Dreyfuss, au moment où PP réapparut, les yeux brillants, un filet de petit bois à la main. Il vit Arthur s'approcher de l'actrice, lui prendre la main, et l'entendit, elle, la voix légèrement éraflée :

— Arthur possède un don très beau. Il ne le sait pas vraiment, mais il sait réparer tout ce qui est cassé.

Leur émotion appela le silence ; puis, dans le grésillement des côtelettes d'où se dégageait, depuis une bonne minute, une inquiétante et épaisse fumée noire, PP, qui ne comprenait rien à la grâce de l'instant, tenta alors quelque chose, une sorte de blague pour revenir à la douce violence du réel :

— C'est moi qui lui ai tout appris !

— T'es pire que con, murmura Julie (sa troisième femme).

SCARLETT OU JEANINE

Ils rentrèrent à pied, dans la fraîcheur dégrisante de la nuit.

Après cette confidence, cette élégante tristesse de Jeanine Foucamprez, ex-Reese Witherspoon, ils avaient tous parlé d'autre chose. Un peu de politique bien sûr : de Sarkozy, je ne vois pas ce que les femmes lui trouvent, avait dit Julie, qui elle-même était très jolie, tout est petit chez lui, minus grave, il paraît qu'avec les talons et les talonnettes dans ses chaussures, il prend sept centimètres ; PP, qui avait commencé fort avec les apéros, rappela qu'on le surnommait *Naboléon* et que de toute façon, dans deux ans, Strauss-Kahn lui mettrait la pâtée, la *branlée* même (un mot amusant avant le présumé innocent puis le coupable blanchi, le consentant pénis défouraillé de la suite 2806 du Sofitel de New York en mai 2011, la cellule de Rikers Island, le scandale des michetonneuses du Carlton de Lille, les copines, la marchandise, les libertines, avant Dodo la Saumure, Eiffage, la pauvre Tristane Banon, le singe en rut et autres « comportements déplacés » ; la bassesse humaine ; la chute magnifique et misérable ; le visage bouffi enfin de la cornette pitoyable ; la séparation), puis chacun eut envie de parler d'autres choses que de ces pauvres ploucs. Tous des cons. Tous les mêmes. Un coup à voter Le Pen.

Julie raconta que l'apprenti de chez Tonnelier avait vu Christiane Planchard sortir de l'Ibis d'Abbeville avec des lunettes noires et un grand brun velu, ce qui fit dire à PP (cinquième apéro) que s'il n'était pas avec sa femme, et je suis avec toi Julie, crois-moi, je suis avec toi, il aurait aimé mettre (entendons *fourrer*) un petit peu la coiffeuse Planchard à cause d'un truc vulgaire qu'il aimait bien chez elle, il avait le mot sur la langue d'ailleurs, ah merde, je l'ai là, là, sur le bout, alors Julie lui pinça le bras ; ses ongles pointus, comme une morsure de serpent. Valérie parla de cinéma (forcément, pour une ancienne aspirante actrice – c'est ça aspirante ! s'écria PP, c'est le mot que je cherchais, aspirante), elle avait déjà vu trois fois *Avatar* et pour elle c'était un chef-d'œuvre absolu, ab-so-lu, plus grand, plus immortel que *La Grande Vadrouille*, le chef-d'œuvre des vingt derniers siècles, mais ! mais ça n'a rien à voir *La Grande Vadrouille* dit sa sœur, *grande couille !* s'exclama PP, que l'alcool commençait à attaquer sérieusement, tu peux pas comparer les deux crétins et les hommes bleus, si, je peux, parce que c'était le plus grand succès français de tous les temps alors ça compte, c'est un repère, j'm'en fous de tes repères, *Avatar* c'est mondial et la couille de PP là, c'est un truc franchouille ; mais elle avait surtout hâte d'être le 29 septembre pour aller voir *Wall Street 2* avec

Shia LaBeouf, qu'est-ce qu'il est beau, c'est le plus beau de tous, confessa-t-elle la bouche en cœur, le rouge aux joues, bon d'accord, c'est vrai que son nom c'est moche, ça fait un peu *chier le bœuf*, ou *chia le jambon !* renchérit PP, qui depuis un petit moment devait flirter avec les 2,2, 2,4 grammes, mais tout le monde rit parce que c'était stupide et grossier et que parfois, la grossièreté, ça fait du bien. Ça réduit les distances, gomme les pudeurs. Il s'est pris un gadin avec Megan Fox, ton bœuf. Pfff, il l'aura un jour, de toute façon, c'est une malade elle, elle se prend pour Angelina Jolie, elle se fait faire les mêmes tatouages. Eh, il paraît que Michael Douglas a un cancer de la gorge, ah, je croyais que c'était une tumeur à la langue, en tout cas Zeta-Jones elle touchera le pactole, c'est le genre de femme qui épouse un vioque pour le pognon ça, qu'est-ce qu'elle a grossi, c'est sûr, j'ai vu une photo dans *Public*, on dirait Nana Mouskouri enceinte ; au fait, à part *Zorro*, Zorro ? Zozo oui, bava PP, qu'est-ce qu'elle a fait, hein, elle a joué quoi ? J'ai lu qu'elle était bipolaire, bi, elle est sûrement bi, dit PP ; on peut parler d'autre chose, c'est dégueulasse ! Tiens PP, tu ferais bien de remettre du charbon si tu veux pas les manger crues tes saucisses (suite à la carbonisation des côtelettes, PP avait été chercher les knackis que sa femme avait prévues pour le lendemain), sauvage ! *Chia le jambon*, c'était drôle quand même, non ? *Chia le jambon ?* Hilarant, PP, hilarant.

Ils mangèrent des knackis molles, quelques pommes de terre brûlées tandis que PP s'était effondré dans l'herbe et qu'on l'avait laissé là, comme un steak, un grand cadavre, pour les fourmis et les vers.

Plus tard, ils étaient rentrés à pied, la fraîcheur de la nuit les avait doucement dégrisés et, lorsque Jeanine Foucamprez avait frissonné, le garagiste l'avait embrassée.

Ils sont dans le salon maintenant. Ils se regardent. Arthur a mis de la musique, comme dans les films. Leurs yeux brillent. Ils ont peur d'aller trop vite. Les gestes doivent être parfaits sinon ils blessent ; laissent une indélébile cicatrice. Elle est émue ; sa poitrine se gonfle ; un petit essoufflement. Il semble à Arthur Dreyfuss qu'elle laisse une courte phrase, un mot peut-être, s'insinuer de son bas-ventre puis monter à la surface, apparaître et éclore comme une petite bulle sur sa bouche insensée, un mot qui serait la clé de tout, un mot qui serait tous les pardons, les pierres qui font les murs, l'humaine beauté, mais c'en est un autre, presque cruel, à peine étouffé par la main qu'elle porte soudain à ses lèvres.

— Demain.

Elle se lève, désolée ; se retourne, comme au ralenti ; à regret semble-t-il ; il ne dit rien, elle disparaît dans l'ombre de l'escalier où, sous chacun de ses pas, le grincement de chacune des marches couvre à peine les cognements que font en hurlant le cœur et le désir foudroyés d'Arthur.

Seul dans le canapé Ektorp, il se souvient d'une phrase qu'il avait trouvée dans son *fortune cookie* au Mandagon à Amiens, quelques années plus tôt ; quelque chose du genre : *L'attente à des ailes est*

146

pareille. Plus elles sont fortes, plus le voyage est long (d'après le Perse Djalal al-dîn Rûmi, 1210-1273). À l'époque, il avait trouvé ça stupide.

Mais cette nuit il aimerait savoir combien de temps dure l'attente.

Le matin du sixième et dernier jour de leur vie, il pleuvait.

Quand elle descendit, elle était habillée ; lui en train de préparer la Ricoré. Elle l'embrassa sur la joue (mon Dieu son parfum, mon Dieu le moelleux de ses lèvres, mon Dieu son mamelon qui effleura son biceps), on va aller faire les courses, Arthur, et on va acheter du café, du vrai café, et elle lui tira le bras en riant, et si cette minute entre eux peut vous sembler banale ou idiote, imaginez-la comme Arthur Dreyfuss avec de la musique, *Suite pour orchestre – Ouverture – n° 3 en ré majeur* de Bach, par exemple, Rudolf Baumgartner au violon, joliment filmée, avec la pluie en toile de fond, son rire à elle, son émerveillement à lui, et vous aurez sous les yeux deux amoureux timides ; une première chance pour lui, une dernière pour elle, et plus tard, en revoyant le film, vous vous souviendrez que le moment où tout a basculé, celui où ils décidèrent d'avoir une vie ensemble, d'essayer en tout cas, commença là, dans cette maison modeste sur la D32, sans mots d'amour, sans niaiseries ni harlequinades, non ; juste en arrêtant la Ricoré.

À l'Écomarché de Longpré-les-Corps-Saints, ils remplirent deux paniers de café, de dentifrice (elle aimait Ultra-Brite, lui Signal), de savon (d'accord tous les deux pour un savon au lait), de shampooing (cheveux colorés pour elle, naturel pour lui), d'une bouteille d'huile, de pâtes (elle préférait les pappardelle, lui les penne, il prit des pappardelle), un pot de confiture (elle aimait la fraise, lui la cerise, elle choisit la groseille en riant : c'est la même couleur), de papier toilette (elle l'aimait parfumé au lilas, lui détestait, aimait nature, ils prirent les deux), de légumes verts (je dois faire attention, dit-elle en riant, je suis une actrice *mondiale* !), de pommes de terre aussi (un garagiste ça doit manger, être fort, et *un gratin c'est divin* – slogan qu'elle avait eu à répéter toutes les cinq minutes à l'Intermarché d'Abbeville au rayon des tubercules deux ans plus tôt), de chocolat (blanc tous les deux, tiens, tiens, encore un point commun, dit-il), de deux bols sur lesquels étaient peints à la main *Elle* et *Lui* (et ils se regardèrent en rougissant, émus et émouvants, et se tinrent par la main jusqu'au rayon des fromages), de gruyère, de gouda, de comté affiné 18 mois, ils évitèrent le rayon boucherie (à cause sans doute de l'avant-bras dévoré de Lecardonnel Thérèse et des horribles images pourpres qui s'imposaient aussitôt, comme une poire sanguinolente, un tartare au couteau ou encore une amourette rubescente de veau), d'une bonne bouteille de vin (l'un et l'autre n'y connaissaient rien, mais un client dont le nez bourgeonnant attestait de l'expertise leur conseilla un Labadie 2007 à 10,90 euros, un médoc aux notes envoûtantes de fruits rouges, dit-il, une petite merveille qui se marie avec tout, qui se boit toute seule, ah, j'en ai la pépie, merci monsieur, merci, au revoir), et d'un gros feutre noir indélébile (pourquoi faire ? demanda Jeanine Foucamprez, mystère, répondit-il, mystère), puis ils se rendirent à la caisse.

Bien sûr le montant fut largement supérieur à ce qu'Arthur Dreyfuss avait l'habitude de dépenser, il devrait faire attention jusqu'à la fin du mois ; il pensa à sa chance aussi : il y a des femmes à qui il faut offrir des bijoux, des montres, des sacs juste pour qu'elles sourient à peine, alors que Jeanine Foucamprez semblait ravie avec du dentifrice, du vrai café, du papier toilette parfumé, une ou deux plaques de chocolat blanc ; tout ce qui donnait du goût à une vie à deux.

En ce dernier jour de leur vie ensemble, qui fut aussi véritablement le premier, Arthur Dreyfuss découvrit l'une des formes les plus simples et les plus pures du bonheur : être profondément et sans explication heureux en compagnie de quelqu'un d'autre.

À cause de la pluie, ils coururent jusqu'au *véhicule de courtoisie* ; Jeanine Foucamprez faillit se casser la figure, mais se rétablit miraculeusement (nouveaux rires entre eux – imaginons-les avec la musique d'AaRON, *For every step in any walk/Any town of any thought/I'll be your guide*), Arthur Dreyfuss lui jeta les clés, tu es fou, cria-t-elle, je n'ai pas le permis, je l'ai raté deux fois, on s'en fout, cria-t-il ; elle déverrouilla la portière en tremblant, s'abrita dans l'auto en riant tandis qu'Arthur Dreyfuss rangeait les

courses dans la malle, indifférent à la pluie, les vêtements soudain comme une *wassingue* ; Arthur, tu
ressembles à une *wassingue*, aurait dit sa mère.

Jeanine Foucamprez le trouva très beau lorsqu'il
s'engouffra dans la voiture, le visage balafré de
pluie ; des larmes d'amour. Il faut mettre la clé et la
tourner pour démarrer, chuchota-t-il ; de sa voix
douce. Elle sourit, fit ce qu'il dit, le moteur démarra.
Il mit sa main sur la sienne pour l'aider à passer la
première vitesse et non, elle ne cala pas. Elle conduisit très prudemment pendant les premiers kilomètres
(17 kilomètres-heure environ), et si on se fait arrêter ? On ne se fera pas arrêter ; alors elle passa la
seconde, soupira de bonheur et accéléra doucement.
Je n'ai pas peur avec toi, dit-elle. L'examinateur du
permis était un sale type. Il disait que je n'étais pas
le genre de fille dont la place est derrière le volant
en voiture. Prenez à droite mademoiselle, dit doucement Arthur Dreyfuss, et n'oubliez pas votre cligno-
tant. Elle rit, tourna dans l'avenue des Déportés.
Vous stopperez devant l'arrêt de bus. Mais c'est
interdit monsieur. Non, rien n'est interdit mademoiselle.

Jeanine Foucamprez arrêta la voiture à la hauteur
de l'abribus et Arthur Dreyfuss ouvrit la portière,
déploya sous la pluie son grand corps d'acteur, *en
mieux*, sortit de sa poche le gros feutre noir indélébile et Jeanine Foucamprez le regarda, amusée, intri-
guée, se diriger vers l'affiche publicitaire qui vantait
le parfum *The One* de Dolce & Gabbana.

Elle le vit dessiner une moustache, une barbi-
chette ridicules comme celles du duc de Guise sur le

beau visage de Scarlett Johansson, l'égérie du couple italien ; il lui jeta un regard ravi de gamin qui fait un mauvais coup, puis recouvrit le mot *One* en bas de l'affiche par un énorme chiffre 2.

Alors le cœur de Jeanine se mit à battre plus fort qu'il n'avait jamais battu ; plus fort même que ce jour où il s'était emballé lorsque la petite fille avait ri parce que le phare de son vélo éclairait à nouveau le monde.

Après avoir rangé leurs emplettes (Jeanine Foucamprez ne put s'empêcher de réorganiser les
placards, il faudra repeindre la cuisine aussi, suggéra-
t-elle, j'aime bien le jaune, ça ensoleille ; Arthur
Dreyfuss la laissa faire, même lorsqu'elle jeta à la
poubelle trois verres ébréchés, une casserole caramé-
lisée, une ridicule boîte publicitaire en fer-blanc
pour des spaghettis – remplie de choses vaines,
pièces de franc d'un autre âge, cuiller en plastique,
fève d'un dimanche des rois, morceau d'écorce d'un
merisier, *le cerisier des oiseaux*, message d'un *fortune
cookie* ; il la laissait s'installer, s'étendre, se répandre,
et soupirait à chaque fois ravi, fiévreux, lorsqu'elle
tendait les bras vers quelque chose en hauteur, geste
absolument ravissant qui arquait son buste, raffer-
missait sa fabuleuse poitrine et contractait avec
délice ses mollets pâles, ah, Dieu, quelle beauté,
quelle chance pensait-il, alors que son cœur s'embal-
lait encore, que mille mots se formaient, millénaires
et inédits), après avoir rangé leurs emplettes donc,
fut le temps de faire un café, un vrai, pas ton horrible Ricoré, Arthur, dit-elle de la même voix suave

et chaude que Charlotte (Scarlett Johansson) dans *Lost in Translation*, lorsqu'elle dit à son mari John : *Mm, I love Cristal, let's have some*, et que celui-ci répond piteusement : *I gotta go… and I don't really like champagne* ; et les deux dans la cuisine qui serait jaune un jour rirent ; un cadeau du plaisir qui est cet instant qui ne se consacre qu'à lui-même, mais ils cessèrent soudain lorsqu'ils s'aperçurent qu'ils avaient oublié d'acheter des filtres à café.

C'est là que Jeanine Foucamprez remercia le ciel et surtout Arthur Dreyfuss de sa préférence têtue pour le papier toilette nature : imagine, du café parfumé au lilas, *pfouaff, beurk,* quelle horreur, quelle horreur. Malgré des petits morceaux de ouate de cellulose qui flottèrent un instant dans leurs nouvelles tasses *Elle* et *Lui*, avant de couler lamentablement, comme des miettes de buvard, des perles de neige, le maragogype délivra toutes ses promesses de douceur et de corps ; c'était un café fruité et léger comme l'air du Chiapas où il avait longuement mûri, et nos deux gourmets le dégustèrent en fermant les yeux, en rêvant de hauteurs guatémaltèques, d'aridité subsaharienne, d'un lac patagonien ou de fins fonds d'Inde, des endroits du monde sans électricité, sans télévision, sans cinéma, sans Internet, sans Darty, sans S.A.V., sans Scarlett Johansson.

Vers midi, la pluie cessa.

Ils furent à Abbeville en moins de vingt minutes, moins de vingt minutes pendant lesquelles Arthur Dreyfuss rêva de piloter un cabriolet avec la belle Scarlett Johansson à ses côtés, ses cheveux au vent, ses pommettes brillantes et lisses et roses comme deux petites Pink Lady. Jeanine Foucamprez avait laissé sa main flotter dans l'air par la vitre ouverte, ses cheveux voletaient dans la Honda Civic, elle avait mis une jupe courte dont l'ourlet ondulait, frémissait à cause du vent, révélant la délicieuse pâleur de sa cuisse, elle aima le trouble d'Arthur ; Arthur Dreyfuss avait conduit vite, concentré sur la route, afin d'éviter ces petites distractions érotiques tellement accidentogènes.

Votre maman a bien mangé, leur dit une jeune infirmière qu'ils n'avaient jamais vue, elle a laissé le poisson mais elle a fini toute sa purée ; alors le fils de l'anthropophage eut une bouffée de chagrin en se souvenant que sa mère n'aimait plus le poisson depuis qu'elle n'aimait plus son père, le pêcheur filou à la cuiller tournante et autres buzzbaits. Elle sera un peu dans le coton, prévint-elle, elle vient de prendre ses médicaments, mais elle est plus calme ce matin, bien qu'elle m'ait réclamé deux fois Elizabeth Taylor, ce qui me fait penser, ajouta l'infirmière en baissant la voix, qu'elle perd un peu la tête, mais bon.

Elle ne perd pas la tête, répliqua sèchement Jeanine Foucamprez. Sa tête est remplie de choses magnifiques pour lesquelles elle ne trouve pas les bons mots. C'est tout.

Lecardonnel Thérèse eut un sourire demeuré en voyant Elizabeth Taylor entrer dans la chambre.

Il sembla à son fils qu'en une nuit, le peu de chair qui lui restait avait été aspiré et bu : sa peau était si fine, elle n'était plus qu'une trame minuscule, une dentelle de Valenciennes qui ne masquait plus rien de la terrifiante angulosité des mandibules, de l'apophyse frontale, des os malaires et sphénoïdes ; son visage était celui d'une morte qui souriait encore, les yeux enfoncés, comme deux perles au fond d'une bonde ; les lèvres desséchées et rêches comme du papier de verre. Elle articula avec difficulté : *venue, c'est bien, si belle, ange, chiens n'ont pas d'ailes*, puis le voile transparent de ses paupières recouvrit les perles perdues.

Arthur Dreyfuss et Jeanine Foucamprez prirent chacun une main – la gauche était bleue et froide déjà – de celle qui se noyait dans les eaux sombres et terrifiantes du chagrin ; mais l'apparition de l'époustouflante *Vénus au vison* (avec Elizabeth Taylor) avait, sur son effarant visage, dessiné un sourire qui ne la quitterait plus.

Plus tard, ils descendirent à la cafétéria, achetèrent deux paquets de chips, nature pour elle, barbecue pour lui, un Mars, un Bounty au distributeur, deux cafés, et lorsque ceux-ci coulèrent, lentement, si lentement, à la vitesse d'un goutte-à-goutte (on n'est pas dans un hôpital pour rien), ils se regardèrent en souriant et ce sourire rapprocha leurs cœurs et leurs peurs et les éloigna pour un instant de tout ce qu'ils avaient perdu, que l'on perd à chaque pas que l'on fait : une maman, un souvenir, une musique, un amour ; tout ce qui nous effraie, nous détruit, nous déshumanise.

L'amour est le seul moyen de ne pas devenir assassin.

Lecardonnel Thérèse, son éternel sourire désormais sur le visage, mourait sous leurs yeux, son âme partait rejoindre celle de Noiya sur les ailes de Cléopâtre Taylor ; elle ne parlait plus, ne bougeait plus ; Arthur Dreyfuss s'était essayé aux mots d'adieu et d'amour, parce que ce sont souvent les mêmes, un peu plus tôt dans la chambre triste mais, comme lui, les mots avaient eu peur, ne s'étaient pas assemblés, alors Jeanine Foucamprez avait contourné le lit, était venue s'asseoir derrière lui et, petite Cyrano aux cheveux noirs de garçon, aux formes affolantes, à la bouche de fraise, avait soufflé les mots derniers : *J'ai été heureux avec toi maman, je te remercie. Peux-tu dire à Noiya quand tu la verras que je l'aime, qu'elle me manque toujours, c'est notre Beauté de Dieu.* Arthur Dreyfuss avait répété les phrases chuchotées mais les larmes noyaient parfois un digramme, une syllabe, un mot entier.

Je ne suis pas triste, maman, vous allez être ensemble dans le grand arbre, tous les trois, je viendrai vous voir. Et Elizabeth sera là aussi, avec moi, on viendra ensemble, on ne te quittera plus... Je t'aime, souffla Jeanine Foucamprez. Dis-lui que tu l'aimes Arthur. C'est si important. Ça empêche de mourir. *Je t'aime,* articula Arthur Dreyfuss, mais sa bouche était remplie d'eau salée, de peine, de salive et le mot de l'immortalité s'y liquéfia.

Le sourire figé sembla frémir.

Jeanine Foucamprez, bouleversée, avait alors tourné son visage vers celui d'Arthur Dreyfuss. Ainsi il y aurait un cycle du don. Un frisson d'éternité. On reçoit, on donne. Arthur lui avait offert le rire d'un enfant et elle était devenue cette survivante magnifique. À son tour, elle apportait la paix à la mère inconsolée, qui elle-même transmettrait la possible tendresse du monde aux habitants du merisier, au vent, aux forêts, aux poussières qui nous composent. L'amour ne se perd jamais.

Dans la cafétéria, le café n'avait toujours pas fini de goutter.

Soudain, Jeanine Foucamprez posa vigoureusement son paquet de chips, attrapa en tremblant la main d'Arthur Dreyfuss, la serra de toutes ses forces puis, d'une voix enrouée par la crainte, griffée par la peur, mit un terme au temps de l'attente :

— Je veux te faire l'amour Arthur, emmène-moi.

Ils n'attendirent pas le médecin de garde, qui leur aurait sans doute inoculé des mots étrangers, *immunocytochimie confocale, foyers punctiformes dans la substance blanche sous-corticale* ou *stéréotaxie cérébrale*, qu'il aurait, dans un souci d'humanité, traduit par un litotique « ne vous inquiétez pas, tout se passe bien, tout se déroule comme prévu » ; non. Ils coururent jusqu'au *véhicule de courtoisie* sans se lâcher la main, comme si, au travers de leurs doigts emmêlés, c'était leur sang qui se mélangeait. Au volant, Arthur Dreyfuss fonça à la folle allure d'une ambulance qui aurait transporté deux grands blessés d'amour, deux victimes du chagrin. Ils parcoururent les vingt-deux kilomètres en dix minutes – soit une moyenne de 132 kilomètres-heure, ce qui fut parfaitement déraisonnable mais si sage lorsqu'on sait que dans un coup de foudre, la lumière, elle, se déplace à 300 000 kilomètres par seconde, oui, oui, par seconde, et que ces deux-là en avaient pris un gros.

Ils s'arrêtèrent devant la maison dans un grand coup de frein – PP gueulerait sûrement demain à cause de l'état des pneus, mais demain de toute façon, tout le monde crierait et pleurerait aussi –, ils sortirent de la voiture de course en courant, entrèrent dans la maison comme le vent un jour de tempête et, du pied, Arthur Dreyfuss referma la porte qui claqua comme le tonnerre, et soudain, après l'urgence de l'envie, furent le silence et l'immobilité du désir.

Les deux semblèrent alors au ralenti.

Dans un mouvement gracieux, Jeanine Foucamprez tourna sur elle-même, sa jupe rouge, comme un premier sang, une première fois, papillonna ; ses longues jambes claires luisirent un instant dans la pénombre du salon, puis elle s'adossa au mur, doucement, sembla s'y poser même, tant tout était soudain léger en elle ; ses lèvres hallucinantes brillaient, ses pommettes rondes et hautes brillaient, ses yeux brillaient en regardant Arthur Dreyfuss dont la bouche était sèche et les mains moites et le cœur chamade. De la gorge de Jeanine Foucamprez s'envola un rire clair, une ariette, l'éclat d'un galet doux qui plonge dans l'eau d'une source puis, toujours au ralenti, elle voleta jusqu'à l'escalier, jusqu'au deuxième étage, jusqu'à la chambre, le lit.

Lorsqu'il la rejoignit, elle se tenait debout devant la petite fenêtre ; ses doigts tremblants ouvraient chacun des boutons de son chemisier comme on incise une peau pour y trouver un cœur. Viens, chuchota-t-elle, viens, c'est pour toi. Arthur Dreyfuss s'approcha en titubant. La plus belle poitrine du monde allait s'offrir à lui. Il allait la voir, la toucher, la caresser, la lécher peut-être, la mordiller, l'avaler ; il allait y plonger et mourir, oui, il pouvait mourir désormais ; il ne fut qu'à un souffle, qu'un baiser d'elle lorsque le soutien-gorge sombre, satiné, inouï, glissa, libérant ces deux merveilles de chair, ces seins parfaits, blancs comme une orange, les aréoles claires, les mamelons durs, tellement vivants ; Jeanine Foucamprez était terriblement belle, ses seins étaient les plus prodigieux qu'ait vus Arthur Dreyfuss ; incroyables, magiques. Et *Elle* et *Lui*, timides et chauds, étaient beaux ; magnifiques dans leurs pudeurs, leurs enfances encore, qui tardaient à s'estomper.

Jeanine Foucamprez prit la main du garagiste qui ressemblait à Ryan Gosling, mais *en mieux*, la posa sur son sein gauche : il lui sembla que la poitrine étourdissante et chaude tremblait, mais c'était son cœur qui tambourinait, s'affolait comme si un oiseau dans sa gorge battait des ailes, et lorsqu'elle incita son jeune amant à appuyer davantage, à s'enfoncer dans la douceur, le vertige et la gourmandise, Arthur Dreyfuss poussa un cri, un râle plutôt, retira vivement sa main et s'enfuit dans les ombres de l'escalier. Il venait d'éjaculer.

Passons les ce n'est pas grave, ça arrive à tout le monde, parce que pour Arthur Dreyfuss, c'était grave, gravissime même ; et le fait que ça arrive à tout le monde, il s'en foutait, mais alors royalement.

Ça lui était arrivé à lui.

Lui qui avait tenu le rêve d'une vie dans la main – pendant six secondes pour être précis, un rêve absolu depuis Nadège Lepetit en troisième, depuis le 80E de Liane Le Goff sur un cheval d'arçons, depuis Mlle Verheirstraeten en CM1, dont le sillon entre les deux mappemondes lui avait cent fois, mille fois donné envie d'être une larme, une goutte de parfum, de sueur pour s'y perdre, ce rêve d'une vie, il l'avait laissé s'échapper, de la plus pitoyable manière qui soit, dans le pantalon, dans le noir et la honte, comme aux heures ridicules de l'adolescence lorsqu'il avait connu pareil fiasco avec une nichonneuse.

Mais la voix douce et salvatrice de Jeanine Foucamprez atteignit son cœur, lava son déshonneur :

— Elle me fait plaisir ton envie de moi, Arthur. Elle est jolie.

Alors Arthur Dreyfuss se leva de l'ombre qui le recouvrait comme des cendres, rejoignit sa rédemptrice sur le lit. Elle y était nue ; plus belle encore que ce que les millions de photos de Scarlett Johansson à demi vêtue pouvaient laisser imaginer. Arthur eut un léger vertige : au-delà du corps prodigieux, Jeanine était faite des mots qui bouleversent, ces petites chairs impondérables qui sont le poids même des choses. *Frémissement/Vent/Univers/Incertaine douleur/Tendresse/Aube.*

Il fut alors soulagé de son infortune, puisque avant de recouvrir une sérieuse érection, elle lui laissait un peu de temps pour plonger dans ce lac pâle, aborder ces rives délicatement dodues, cette touffe (ou *toison* ? – la vieille demoiselle Thiriard, interprète amatrice, avait elle-même hésité), cette touffe foisonnante, jubilatoire, qu'elle avait conservée telle quelle, naturelle et sauvage, en hommage, avait-elle dit, à la touffe (ou *toison*) de Maria Schneider (dans le célèbre film de Bernardo Bertolucci, 1972 – trois ans après le premier Festival de Woodstock où, il est vrai, les garçons avaient les cheveux longs et plutôt gras et les filles les aisselles touffues et plutôt grasses).

Et Jeanine Foucamprez se mit à rire, profondément émue par le regard émerveillé et enfantin et au fond si simple de son amoureux ; c'était un rire de bonheur, clair, qui volait haut dans la chambre, rebondissait, disait à tous et surtout à toi, maman, tu vois, ton silence ne m'a finalement pas salie ; et s'il y avait une chanson à choisir pour cet instant pâle : sans doute *Fuir le bonheur de peur qu'il ne se sauve,* de Gainsbourg, et la voix fragile de Jane Birkin, cette incroyable nostalgie, qui couvrirait à peine la prière de Jeanine Foucamprez :

— Tu n'es pas le premier Arthur ; j'aimerais que tu sois le dernier.

Pendant ce temps, Mme Rigodin, la journaliste du
Courrier picard (rubrique Infos locales, Amiens et ses
environs), écrivit une brève sur le site de Long.

Cette brève, ou *post*, fut tweettée par une certaine
Claudette, deux enfants, auteur amatrice du blog
« Les Murs Ont Des Oreilles ».

Le tweet, ou *potin de 140 signes maximum*, fut
repris par Virginie La Chapelle (membre de Face-
book, fan de Flavie Flament, Dany Boon, Thomas
Dutronc et autres Bruno Guillon d'après ses photos), qui posta à son tour sur son mur ce simple
commentaire : « Scarlett Johansson est à Long,
TOTAL BONHEUR. »

Dans les secondes qui suivirent, outre une centaine de *like* panurgiens, des commentaires fleuris
fleurirent : *Long Island ?? Où ça !!! Serre Long ??
Scarlett, c'est de la bombe. Où est-elle ? Il paraît
qu'elle quitte Ryan Reynolds. Dans la baie de Ha
Long ?? Long comme ma bite ? J'ai adoré The Island.
Quels nibards ! J'ai commandé Scarlett en Real Doll,
je vais pouvoir enfin la tirer.* Etc. De l'élégant. Du
grand chic.

Et par le jeu des ricochets d'amis d'amis d'amis, un couple de Wallons en camping chez Jipé le poignardeur de pneus tomba sur le mur de Virginie La Chapelle. Ils décidèrent aussitôt de faire le tour du petit village (9,19 kilomètres carrés) en espérant croiser par hasard l'actrice fabuleuse et, pourquoi pas, réussir à se faire prendre en photo avec elle, l'étang de la Grande Hutte – le paradis des pêcheurs – en arrière-plan. Ah, quelle surprise ils feraient à leurs amis, de retour à Grâce-Hollogne (province de Liège, dont les habitants portent le joli nom de « Grâcieux-Hollognois »).

Pendant ce temps, PP, qui aimait à musarder sur la toile tandis que Julie sa troisième épouse s'adonnait à sa rituelle mise en beauté hebdomadaire (épilation complète, gommage, masque, ongles, pierre ponce sous les pieds, teinture puis masturbation lente à l'eau chaude du nouveau pommeau de douche cinq jets), PP donc, qui aimait à flâner sur certains sites aux intitulés coquins, aguicheurs, images de girondes, callipyges et autres atours cent pour cent naturels, tomba *tout naturellement* sur un site dédié aux actrices, dont Scarlett Johansson. Il y apprit avec horreur que Photoshop lui avait significativement réduit la taille des seins dans les dernières publicités pour Mango : de merveilleux ballochards, ils étaient devenus tristes pendards. Il se jura aussitôt de ne jamais acheter un quelconque produit de cette marque de trafiquants. Non mais. Et puis quoi encore.

Sur ce même site, il apprit que Scarlett Johansson avait passé la soirée du 14 septembre à Épernay

(Marne), distant de cent cinquante kilomètres de Long (Somme) où elle arriva le lendemain. Il eut alors une vision et hurla à l'adresse de Julie qui en était au moment ivre du pommeau de douche :

— Chérie, Arthur nous ment, ce n'est pas Angelina Jolie, c'est Scarlett Johansson !

Arthur Dreyfuss s'était déshabillé et allongé auprès d'elle.

Leurs peaux étaient claires. Leurs peurs pâles. Ils se tenaient par la main. Arthur Dreyfuss n'osait pas encore poser les siennes sur les seins fabuleux. Elles y avaient goûté tout à l'heure, pour le résultat que l'on connaît ; non. Il voulait ce temps long du désir, ce temps d'avant les choses et les violences. Il voulait profiter de Scarlett Johansson, s'enivrer, faire le plein d'elle, pour une vie entière ; peut-être partirait-elle demain, peut-être s'évanouirait-elle demain ; pour l'instant, elle était là, arrimée à sa main de garagiste, sèche et forte, comme celles de son braconnier de père, des mains qui ne vous lâchent pas, ne tremblent pas. Il souriait et savait, sans avoir besoin de la regarder, qu'elle souriait aussi. Très vite, ils se mirent à respirer au même rythme, la même mesure ; une musique – quelque chose de délicat, du piano, *Köln Concert* de Keith Jarrett, par exemple. De leurs mains jointes, une chaleur nouvelle les irradiait, qui tenait à la fois de l'enfance et de l'âge d'homme et de ses brûlures. J'ai chaud et j'ai froid, murmura-t-il.

Et elle répéta : j'ai chaud et j'ai froid, et ils surent qu'ils avaient commencé à faire l'amour.

Je n'ai pas peur avec toi Arthur. Tu es doux. Tu es beau. Il pensa à cette chanson de Barbara un jour dont il avait bien aimé les paroles, *Viens, viens, je te fais le serment/Qu'avant toi, y avait pas d'avant* ; il oublia alors jusqu'au visage de Mme Lelièvremont, qu'il avait prise à sa demande pressante à l'arrière de sa Renault Espace, un jour que PP n'était pas là, surtout ; Mme Lelièvremont, femme du notaire du même nom, qui fut son impétueuse dépuceleuse, rapide, vulgaire, affamée, excitante, *ah mon petit, décharge, décharge* ; les vociférations l'avaient ravi, il avait déchargé, l'animale avait hurlé, et il avait aimé soudain l'impétuosité de l'amour des corps. L'impudeur. La nichonneuse d'Albert et la femme du notaire avaient été ses deux premières fois, et pourtant il chuchota à l'oreille de la belle Jeanine Foucamprez : *avant toi, il n'y avait pas d'avant* – ce qui étaient les plus beaux mots d'amour qu'il connût à cet instant, alors elle tourna délicatement le visage vers lui, baisa sa joue : tu es gentil. Je suis bien avec toi. Son érection revint et elle eut un petit rire charmant – rougissant si l'on peut dire. Je suis avec toi Arthur, je t'ai choisi toi et je ne sais même pas ce que tu aimes. Si tu aimes… je ne sais pas moi. Le poisson grillé ou les brochettes. Les livres d'Amélie Nothomb, les disques de Céline Dion ou, ajouta-t-elle en gloussant, *la ficelle picarde*. Jeanine Foucamprez se tourna sur le côté de façon à bien voir Arthur Dreyfuss ; ses seins semblèrent glisser, couler au ralenti, comme du mercure. Ce fut très beau. J'aime bien lire, avoua-t-il, mais il n'y avait pas beaucoup de livres à la maison. Mon père disait que lorsqu'on lisait on ne vivait pas, ma mère n'était pas d'accord. Elle empruntait les livres à la bibliothèque. C'était quoi comme livres ? Delly, Danielle Steel, Karen Dennis, des histoires d'amour. Elle disait que ça remplissait le vide que Noiya avait laissé et quand elle pleurait, elle disait que les mots la lavaient. C'est joli, dit Jeanine Foucamprez. Non, c'est nouille. Ils rirent. Un jour, j'ai trouvé un livre de poésie dans une voiture. Une voiture accidentée. Je n'aurais jamais cru qu'on pouvait trouver un livre de poésie là. C'est pour ça que je l'ai pris. Je l'ai lu plein de fois. Plus je le lisais, plus j'avais l'impression que tout ce qu'on découvre dans la vie a déjà été découvert avec les mots, tout ce qu'on ressent, déjà ressenti. Que tout ce qui va avoir lieu nous habite déjà. Jeanine trembla ; il venait de comprendre, non sans une certaine nostalgie, que les mots nous précèdent toujours. J'aime ta parole, dit-elle. Dans un de ses poèmes, poursuivit-il, il raconte un jeune garçon qui a devant lui un demi-siècle au moins à vivre, et il écrit : *Il sourit au banal espoir.* Jeanine eut une petite moue nostalgique. C'est à cause de *banal.* Ça dit déjà la fin. Ça dit que. Elle l'interrompit. Il ne s'en formalisa pas ; le temps des mots nouveaux viendrait. Moi, j'aimais pas trop la poésie, je n'ai que des mauvais souvenirs d'école. Bossuet en CM1. Ponge, ou Éponge, en seconde. Elle rit. Par contre, j'aime bien Amélie Nothomb. Je trouve qu'elle est drôle. Je ne connais pas. Je t'en lirai un si tu veux. Céline Dion aussi, tu sais que j'aime bien, elle m'a sauvée. Mais je ne t'en voudrai pas si tu n'aimes pas. D'ailleurs si tu n'aimes pas, je ne l'écouterais plus, je te promets (rires). C'est qui ton chanteur préféré ? Arthur Dreyfuss sourit ; je n'ai pas de chanteur préféré, j'aime bien des chansons, c'est tout. Comme quoi ? Oh, des vieux trucs que PP passe tout le temps au garage. Des trucs de son âge. *Suzanne*, de Leonard Cohen par exemple. Reggiani. La chanson *Mon vieux* de Daniel Guichard, elle me fait penser au mien, de vieux. C'est une cassette pourrie, on doit la rembobiner avec un crayon, mais PP l'adore parce qu'elle a été dédicacée par Daniel Guichard lui-même quand il est venu ici en 1975. Des trucs de Balavoine encore. Goldman, Dalida. Peggy Lee aussi, qu'un client a oublié un jour.

Jeanine Foucamprez sourit, approcha son visage, embrassa la bouche d'Arthur Dreyfuss, sa langue était douce, virevoltante, on aurait dit les ailes d'un papillon ; ses yeux étaient clos, ceux d'Arthur Dreyfuss étaient restés ouverts, il voulait la voir, la contempler ; il aima que les globes de ses yeux, sous les paupières, vibrionnent de droite à gauche, en cercle aussi parfois, comme les mouvements des ailes dans sa bouche ; elle était appliquée, elle était amoureuse.

Tu m'emmèneras à la mer ? Oui. C'est laquelle la plus belle mer ? Je ne sais pas, je suis allé une fois au cap Gris-Nez avec PP et Julie.

(*À l'attention des géographes amateurs et autres curieux* : le cap Gris-Nez se situe entre Wissant et Audresselles, dans le Pas-de-Calais, sur la commune d'Audinghen, 600 habitants, au cœur de la Côte d'Opale. C'est le point du littoral français le plus proche de l'Angleterre, à 28 kilomètres exactement de Douvres. C'est surtout un site adoré des ornithologues en raison des nombreuses migrations d'oiseaux – bruants, passereaux, rousserolles, labbes, etc. – que l'on peut y observer au printemps et à l'automne ; un promontoire rocheux d'où la vue est fascinante. On y déplore néanmoins un grand nombre de suicides assez moches : après une chute de quarante-cinq mètres, le corps humain est proche de la pâtée pour chiens.)

Et c'est beau ? Oui. C'est très beau parce qu'il n'y a pas de maisons, pas de voitures, je me suis dit qu'il y a mille ans, ça devait être pareil et c'est ça qui était beau : l'immobilité. J'adorerais y aller avec toi, Arthur. Demain, si tu veux. Je t'y emmènerai demain.

J'aime bien ce moment, dit Jeanine Foucamprez. J'aime bien que tu trouves l'immobilité jolie. J'ai jamais connu que des types pressés. En sixième, un garçon m'avait envoyé un poème. Je m'en souviens. « Ta Bouche » ça s'appelait, je le connais par cœur. Ça m'a fait chialer la première fois. *On dirait une fraise/du plus beau jardin/j'ai envie qu'elle me baise/car tu n'es pas un boudin/oh Jeanine/ prends ma pine.* N'importe quoi. Quel con. Quels cons. Des fois je me dis que je n'ai pas le bon corps. Parce qu'on le confond avec ce que je ne suis pas. J'aurais dû être plus grande, plus mince, plus plate, avoir un corps plus élégant, une silhouette moins… *exposée* (elle hésita sur le mot), et on aurait peut-être cherché à voir ce qu'il y avait dedans : mon cœur, mes goûts, mes rêves. Comme la Callas par exemple. Si elle avait été une bombe, on aurait dit qu'elle chantait mal, que c'était truqué. Là non. Avec son visage, son grand nez, son corps tout sec, ses yeux de ténèbres, les gens ont aimé son âme et ses douleurs. Elle se mit à rire, pour ne pas réveiller les siennes. Un jour, dit Arthur, mon père m'a raconté que c'est le cul de ma mère qui l'avait attiré, sa façon de le dandiner ; une petite poule. Ce cul, à l'origine du désir. Qui elle était, il s'en foutait. Et toi, ce n'est pas mes seins qui t'ont attiré en premier ? Il rougit. Et si j'avais été moche ? Est-ce qu'il y aurait du désir en l'absence de corps ?

Pendant quelques instants, il n'y eut que leurs respirations. *Tout durait et restait peuplé d'attente*[1], avait écrit Follain. Je crois qu'il y a aussi du désir en l'absence de corps, chuchota enfin Arthur.

Jeanine ferma un instant les yeux, frissonna. Puis elle changea de sujet, une petite bouée : tiens ! puisqu'on parle de mes goûts, sache que j'aime bien la pâte d'amande et la bûche glacée à Noël. Que je pique toujours les petits nains de plastique, surtout celui qui tient la scie. Que j'aimerais un jour aller à l'opéra et pleurer en écoutant la musique.

Tu es déjà allé à l'opéra ? Non, répondit Arthur Dreyfuss. Mais tu aimerais bien ? Hmm. Faut voir. Une fois, j'ai entendu *Le Lac des cygnes*. C'est une histoire très belle. Très triste. Je crois que le lac, ce sont les larmes des parents d'une jeune fille enlevée qui se transforme en cygne la nuit, et un prince tombe amoureux d'elle. Il s'appelle Siegfried. C'est

1. *Chef-lieu*, Jean Follain, Gallimard, 1950.

si beau. Si… tragique. Et la musique est tellement belle, oh, j'en pleurais. C'était comme une naissance. Arthur Dreyfuss se serra contre elle. Ni l'un ni l'autre ne furent incommodés par la formidable érection. Ils se placèrent de façon confortable, les bras dans les bras, elle sur son côté gauche, lui son côté droit, leurs peaux claires s'épousaient, se reflétaient, révélaient la carte de leurs désirs ; ils se regardaient ; leurs yeux brillaient de l'avenir qu'ils se dessinaient, des musiques qui les attendaient, de tout ce qu'une rencontre promet d'éternité.

J'ai pleuré aussi une fois en entendant une chanson, dit Arthur Dreyfuss ; mon père était parti depuis quelque temps et ma mère l'attendait en buvant du Martini, à la radio on entendait Piaf chanter. Contre toute attente, il chanta. Sa voix était belle et claire. Jeanine Foucamprez fut bouleversée. *Mon Dieu/Laissez-le-moi/Encore un peu/Mon amoureux/Un jour, deux jours, huit jours/Laissez-le-moi/Encore un peu*, et ma mère dansait dans la cuisine, elle était nue, son verre à la main, elle était ivre, l'alcool giclait hors du verre, et je l'ai trouvée belle dans sa douleur, dans la crudité de son corps, sa petite misère, elle tournait sur elle-même à la manière d'une toupie, elle riait en chantant avec Piaf : *Le temps de s'adorer/De se le dire/Le temps de se fabriquer/Des souvenirs*, je la regardais et je me suis mis à pleurer, et puis elle m'a vu, elle m'a fait signe de la rejoindre, elle m'a pris dans ses bras et m'a fait danser et tourner, tourner, elle est tombée et je suis tombé sur elle, sur sa peau sèche, froide déjà, je pleurais et elle riait. Tu avais quel âge ? Quatorze ans. Mon chéri, murmura Jeanine Foucamprez en baisant ses paupières humides, scintillantes, mon chéri. Arthur Dreyfuss serra le corps ahurissant contre lui, les seins fabuleux s'écrasèrent contre son torse, on eût dit qu'il voulait les faire entrer en lui, inonder sa poitrine, devenir elle, son corps à elle, ces seins-là, tu m'étouffes, lâcha Scarlett Johansson dans un soupir, mais j'aime bien, alors il l'embrassa plus fort, son sexe glissa entre ses jambes à elle, elles l'emprisonnèrent, l'immobilisèrent ; il sentit la caresse duveteuse, laineuse de la touffe/toison folle sur son ventre : il pensa alors aussitôt au carter d'huile cassé d'une Xsara Picasso qu'il avait à changer pour dérouter ce qui était en train de se passer plus bas, dans ses couilles. Ne pas jouir, ne pas jouir maintenant, mais les cuisses de Jeanine Foucamprez le branlaient doucement, et après le carter d'huile furent les images de quelques hommes politiques, d'un chien écrasé chemin de la Chasse-à-Vache derrière le camping de Long, du visage d'Alice Sapritch dans *La Folie des grandeurs* et, victoire, lentement, son érection décrut. Tu n'aimes pas ce que je fais ? susurra-t-elle. Si, oh si, mais je ne veux pas aller trop vite. Tu peux jouir tu sais.

Il embrassa longuement sa bouche parce qu'il ne voulait pas parler du plaisir, pas mettre des mots sur tout ça ; c'était un peu effrayant les mots. Il l'avait bien vu tout à l'heure lorsqu'il avait essayé de lui exprimer ce qu'il avait ressenti avec le livre de Follain ; essayé de l'enchanter, comme la veille, quand il lui avait parlé du *Baron Perché* dans la forêt d'Eawy et qu'elle s'était approchée de lui et que leurs corps s'étaient essayés à marcher de concert.

C'était peut-être cela le mot du début. Le silence.

Puis Jeanine Foucamprez remonta vers la tête du lit de façon à offrir à la bouche du garagiste beau comme Ryan Gosling mais *en mieux* son trésor, ses seins qui rendaient fous des milliards d'hommes sur terre ; c'est pour toi, dit-elle, je te les donne, ils sont à toi, rien qu'à toi, et Arthur Dreyfuss, la bouche sèche, baisa les bessons merveilleux, sa langue en goûta chaque millimètre carré ; sa bouche, ses doigts découvrirent la douceur laiteuse, la rugosité de la rose qui durcit entre ses lèvres, ses joues caressaient la peau satinée, son nez plongeait, reniflait les odeurs nouvelles, talc, miel, sel et pudeur ; Arthur Dreyfuss dévorait les seins de Jeanine Foucamprez, les plus beaux seins du monde, et il se mit à pleurer et elle serra le beau visage contre eux, gorgés d'amour, remplis du désir des hommes, comme le geste d'une maman, je suis là, chuchota-t-elle, ne pleure pas, ne pleure plus, je suis là.

Ils restèrent ainsi immobiles, imbriqués, scellés, le temps que leurs cœurs retrouvassent le calme de la tendresse ; que séchât le sel qui collait leurs peaux ; puis, dans un murmure, il lui dit merci et elle en fut prodigieusement heureuse. J'aimerais qu'on reste toujours comme ça, c'est stupide, c'est impossible je sais. Mais j'aimerais bien quand même. Il aima qu'elle dise cela parce que c'était exactement ce qu'il pensait.

Qu'une chose comme celle-là ne s'arrêtât jamais. Qu'on puisse soudain parler avec des larmes parce que les mots sont trop maladroits ou prétentieux à décrire la beauté.

J'aurais bien aimé être actrice tu sais. Mais c'est pris, ajouta-t-elle dans un sourire faussement joyeux.

Actrice ; tu vois mon derrière dans la glace ? Non, répondit Arthur Dreyfuss. Dans le film, expliqua-t-elle, il dit oui. Il dit oui à tout ce qu'elle demande. Et mes cuisses, tu les aimes ? Oui. Et mes seins, tu les aimes ? Oui. *Énormément*, précise même Piccoli dans *Le Mépris*. Qu'est-ce que tu préfères, mes seins ou la pointe de mes seins ? Oui. T'es bête Arthur, dit-elle en riant. Je ne sais pas, c'est pareil. Mon visage ? Oui. Et mon cœur, Arthur, tu l'aimes mon cœur ? Oui. Et mon âme et mes peurs et mon envie de toi tu les aimes ? Oui. Et l'amour, tu crois à l'amour ? Tu crois que je suis peut-être la bonne personne pour toi ? Que je suis unique, unique au monde, rare et précieuse, que je ne suis pas Scarlett ? Que tu m'aimerais sans cette apparence-là, que j'aurais ma chance, comme toutes les femmes du monde ? Oui, oui, oui et oui. Tu es Jeanine Isabelle Marie Foucamprez et tu es unique et ces derniers jours en ta compagnie je découvre la beauté des choses, la lenteur ; maintenant, *Il (me) suffit de toucher verrous et croix des grilles/Pour sentir le poids du monde inéluctable*[1], je peux avoir peur désormais parce que la peur est peut-être une forme d'amour (l'index de Jeanine caressa ses lèvres, il tremblait), et j'aime tes peurs, j'aime toutes tes peurs ; il nous manque des choses à tous les deux Jeanine, comment dire… des pièces détachées d'origine (ils sourirent ensemble). À toi il manque un corps qui soit à toi, et à moi celui de mon père qui m'aimait peut-être et qui ne me l'aura

---

1. « Quincaillerie», *Usage du temps*, Jean Follain, Gallimard, 1943.

jamais dit. On est pareils tous les deux. On a fait des tonneaux.

On est cabossés.

Jeanine Foucamprez enfouit un instant son visage dans l'oreiller, elle ne voulait pas qu'il vît les yeux rouges. Tu crois qu'on peut être réparés ? Tu crois en Dieu ? Au destin ? Tu crois qu'on peut pardonner ? Oui, répondit Arthur, puis il se reprit ; non, en fait non, je ne crois pas. Je ne peux pas pardonner à mon père. Pas tant que je ne le verrai pas. Alors tu seras toujours cabossé. Et toi, tu as pardonné à ta mère ? Jeanine Foucamprez sourit. Oui. Une nuit. Je lui ai pardonné la nuit où j'ai décidé de venir ici. Choisi de ne pas m'arrêter. Et le photographe ? Ce n'est pas lui qui m'a blessée. Il a fait son sale boulot de mec, c'est tout, il ne m'a pas fait de mal. C'était son silence à elle, la douleur. Le fait qu'elle ne me touche plus. Être une merde dans ses yeux, c'est ce qui faisait le plus mal. À cette époque, j'aurais bien aimé que Dieu existe. Avec son petit paradis, ses petits nuages en coton où on retrouve ceux qu'on aime. Où on n'a pas mal justement. Tu crois que mon père m'aurait reconnue ? Je ne sais pas, souffla Arthur Dreyfuss. Tu crois qu'il m'aurait décabossée ? Il tendit sa main, la posa, caressa ses seins lentement. Il n'en avait plus peur désormais. Il les regardait, il regardait sa main, ses doigts ; il soupesait le bonheur doux, frôlait la soie de chair ; il pensait : ce sont mes doigts, c'est mon index, c'est mon sang, c'est mon pouce, je touche les seins de Scarlett Johansson, enfin, de Jeanine Foucamprez, c'est pareil, ce sont les mêmes, presque les mêmes, parce que ceux-ci, ni

Josh Hartnett ni Justin Timberlake ni Jared Leto ou Benicio del Toro ne les ont touchés ; *avant toi, il n'y avait pas d'avant* ; et plus il les caressait, plus Jeanine Foucamprez se cambrait, sa bouche s'asséchait lentement, ses soupirs devenaient rauques, sa peau se couvrait de minuscules gouttes d'eau aux curieux parfums ; parfois ses yeux semblaient se révulser, Arthur Dreyfuss n'y voyait alors plus que du blanc, deux yeux de lait, ce qui le terrifiait un peu mais il savait, depuis Mme Lelièvremont, que le plaisir d'une femme, la vague avait-elle dit, c'est une vague mon petit, une claque, pouvait déclencher d'étonnantes réactions, des plus douces aux plus terrifiantes.

Les seins de Jeanine Foucamprez étaient formidablement érogènes. Arthur Dreyfuss pensa avec fierté que la grande secousse, la petite mort, naissaient par la grâce de ses doigts à lui.

Quand, dans un cri, le corps fabuleux se contracta tout à fait puis, dans un râle, se relâcha tout à fait, Jeanine Foucamprez était toute rouge, le front fiévreux ; il pensa à un malaise mais elle sourit, ressuscitée, posa sa main brûlante sur la joue de son bienfaiteur, garde-moi s'il te plaît, et Arthur Dreyfuss, que ces mots bouleversèrent, fut incapable d'autre chose que d'acquiescer.

Lorsque la vague se fut tout à fait retirée, la « plus belle femme du monde » ouvrit sa bouche de fruit, ouvrit ses lèvres charnues et brillantes et laissa en sortir la phrase qu'aucun homme sur cette terre ne rêverait pas d'entendre, gracieuse et aérienne, envoûtante :

— Tu peux me pénétrer maintenant, si tu veux.

Arthur Dreyfuss ne sauta pas sur l'occasion – même s'il lui eût été agréable à ce moment-là d'éjaculer, et ce sont des mots qui sortirent de sa jolie bouche à lui maintenant, des mots qui – il allait s'en rendre compte en les prononçant – étaient ses mots d'amour à lui, simples, sincères et définitifs, lorsqu'on se livre corps et âme pour la première fois : je dois te dire quelque chose Jeanine. Avant toi, j'avais un rêve. Un garage Audi, une grande concession à Amiens ou ailleurs si ça se trouve – Long c'est trop petit, il n'y a que le maire et le notaire et peut-être Tonnelier qui pourraient s'en acheter une ; un beau garage, une salle d'attente propre, avec des fauteuils en cuir et une machine à café Nespresso, des magazines de la semaine, pas des vieux trucs comme chez PP avec les pages cornées dont les coins sont toujours humides à cause de la salive, les mots croisés déjà faits et les pages cuisine arrachées ; mais voilà, ce rêve, tu l'as fait s'enfuir. Jeanine se redressa. Arthur sourit, apaisant. Pour quelque chose de plus beau. Qui ne me fait plus peur. Je voudrais retourner à l'école. Je voudrais apprendre l'usage des mots. Apprendre à trouver les bons, les assembler pour enchanter les choses. Comme la musique. L'émotion fit frissonner Jeanine. Mais je continuerai chez PP, qu'on ait de l'argent pour vivre, ne t'inquiète pas, je ne te laisserai pas. Je ne m'inquiète pas, Arthur. Jeanine Foucamprez trembla ; elle savait que c'était là la plus belle déclaration d'amour que pouvait un petit garagiste de vingt ans ; elle remonta le drap sur leurs corps brûlants parce que soudain, elle eut froid. Elle vint blottir son beau visage dans l'épaule du mécanicien amoureux et sa bouche de fraise (du plus beau jardin) murmura *oui* à son oreille, *oui* Arthur je veux que les mots soient tes outils un jour, *oui* je veux que tu me caresses toujours les seins comme tu viens de le faire et *oui*, je veux voir le cap Gris-Nez avec toi et retenir les gens, empêcher les gens de tomber, devenir une horrible pâtée, *oui* je veux aider ta maman, la soigner, être Elizabeth Taylor si elle le souhaite, *oui* je vais aimer le dentifrice Signal et les penne et le papier toilette nature, sans parfum, et tout ce que tu aimes, tout ce que tu aimes, et *oui* je vais oublier toutes les chansons de Céline Dion, apprendre toutes celles d'Édith Piaf, Arthur, et de Reggiani, et *oui*, *oui*, *oui*, je veux que tu me baises maintenant ; que tu me baises jusqu'à mon cœur, s'il te plaît.

Le soir tombait. Les ombres dehors avalaient les choses ; les bêtes et les hommes ; tous les péchés.

Dans l'unique chambre au deuxième étage de la petite maison d'Arthur Dreyfuss, la pâleur des corps imbriqués possédait l'élégante clarté d'un tableau d'Hammershøi (1864-1916, dont les tableaux d'intérieur révèlent une grâce irréelle, une lumière magnétique et qui sont sans doute la plus belle définition du mot mélancolie ; car c'était bien de cela dont il s'agissait, de *mélancolie*).

Arthur Dreyfuss et Jeanine Foucamprez découvraient soudain l'amour.

Il n'y eut plus rien de sexuel dans leurs ébats – cela tenait davantage du ballet tchaïkovskien qui la fit pleurer elle, rêvant au prince Siegfried ; et si Arthur Dreyfuss la baisait maintenant, comme elle l'avait voulu, oui, il était aussi parvenu à toucher son cœur.

Ces deux-là, gauches et gracieux, savouraient chaque nouvelle seconde, tourmentés et fascinés parce qu'elle était la dernière ; déjà.

Toute première fois est un crime.

Ils se regardaient, dans les ombres. Leurs yeux brillaient et parlaient et se disaient les choses qui n'ont plus besoin des mots. Leur beauté les émerveillait. Leur fragilité les terrifiait. Ce qu'ils perdaient les tuait. Était désormais la violence des choses. C'était tout cela et ce n'était que cela.

Jeanine Foucamprez commença à suffoquer, le cœur d'Arthur Dreyfuss s'emballa ; des larmes se mêlèrent à la sueur, les odeurs de leurs corps furent alors plus sucrées, entêtantes, un suc âpre, vulgaire, délicieux ; elle gémit, il cria ; ils pleurèrent ; *la vague, c'est une vague mon petit*, avait chanté l'impétueuse épouse du notaire ; la vague emportait tout, déchirait tout, broyait tout : leurs entrailles, leurs ultimes réticences ; alors leurs corps frémirent et s'envolèrent, se cognèrent aux murs de la chambre ; ils rirent, dénudés, écorchés, sanguinolents, ils n'eurent plus peur, ils pouvaient se perdre maintenant, c'était fait ; mourir ; tout le reste ne serait plus que souvenir, l'impossible chemin pour revenir ici, dans l'unique fois.

La mélancolie.

Quand leurs corps retombèrent sur le lit trempé, quand la moiteur se fit frisson et que le froid salé commença à engourdir leurs doigts, Arthur Dreyfuss sourit, doucement ivre, amoureux, et ces mots qui changent une vie s'envolèrent :

— Je t'aime, Scarlett.

Et le cœur de Jeanine s'arrêta.

Arthur Dreyfuss dormait, le visage paisible, sur la prodigieuse poitrine. Sa jolie bouche dessinait un sourire d'enfant. Jeanine Foucamprez caressait ses cheveux, son front, sa peau si douce ; elle ne dormait pas.

Il lui sembla qu'elle ne dormirait jamais plus désormais. Elle ne pleurait plus. Les larmes avaient jailli plus tôt dans la nuit, torrentielles, peu après que son amoureux se fut endormi, que sa tête se fit plus lourde sur ses seins ; et elles avaient charrié tous ses rêves.

Elle n'en avait plus maintenant.

Je t'aime, Scarlett.

Le jour se levait, là-bas, vers Condé-Folie, au-delà des marais ; peu de nuages, pas de vent : il allait faire beau, un temps calme comme celui des rares matins où Dreyfuss Louis-Ferdinand emmenait son fils à l'étang des Croupes ou à la rivière de Planques pour la pêche ; dans leurs silencieux moments d'hommes. Jeanine Foucamprez eut un sourire triste. Elle avait oublié de lui demander s'il aimait les animaux parce que moi, j'aurais bien aimé un jour avoir un petit épagneul breton. C'est gentil tu sais les épagneuls. C'est intelligent, vif, obéissant. Et puis ça aime bien les enfants, parce qu'un jour j'aurais bien aimé avoir des enfants. Et toi, toi aussi Arthur ? Je t'aurais bien vu avec une petite fille, une petite Louise, c'est un joli prénom Louise. C'était celui de ma grand-mère. Je me souviens d'elle même si elle est morte quand je n'avais que six ans. Elle sentait la naphtaline, c'était rigolo. Un jour je lui avais demandé le nom de son parfum, elle m'avait dit que c'était le parfum du placard, tu te rends compte, *le parfum du placard.* Chaque fois que je venais la voir, elle sortait une de ses jolies robes du placard, rien que pour moi, pour que je la trouve jolie, mais tu es belle mamie ! Et elle disait non, non, toi tu seras la plus jolie fille du monde et je riais, tu dis n'importe quoi mamie, et elle disait, en faisant la grimace, la bouche toute déformée, ne ris pas Jeanine, c'est la pire chose qui puisse arriver d'être la plus jolie fille du monde.

Jeanine Foucamprez ferma soudain les yeux et murmura, comme pour elle même : je le sais mamie.

— On rend les gens malheureux.

Elle rouvrit les yeux. Et puis je t'ai vu Arthur, avec cette petite fille, et j'ai voulu ton regard, ce regard-là sur moi, et tu me l'as donné à chaque minute, chaque seconde de ces six derniers jours, et je t'en remercie. Parce que pour la première fois de ma vie je me suis sentie moi. Je me suis sentie heureuse et vivante et tellement propre dans tes yeux. Tellement propre. Tout était si simple, tout allait être si simple enfin. Mais c'est si douloureux maintenant. Je suis si triste.

Je suis Jeanine, Arthur, pas Scarlett.

Très délicatement, elle souleva d'une main la tête de son amant, de l'autre glissa un oreiller dessous ; elle quitta le lit de la mélancolie et descendit à la cuisine, sans bruit, en évitant les marches piégeuses ; cette cuisine qui serait jaune un jour.

Elle prit les clés du *véhicule de courtoisie* sur la table et partit.

Dehors, l'air frais la griffa.

Elle s'installa au volant de la Honda Civic ; pensa un instant à l'examinateur du permis de conduire qui lui avait un jour laissé entendre que sa place était plutôt à côté – sur le coup, elle n'avait pas compris l'injure ; elle démarra calmement ; le souvenir de la main d'Arthur Dreyfuss sur la sienne lorsqu'elle enclencha la première vitesse la fit frissonner.

Il n'y avait personne sur l'étroite D32. Elle laissa Ailly-le-Haut-Clocher dans son dos, descendit sur Long ; le cœur du village, le garage de PP, le camping du Grand Pré.

Elle ressentit soudain ce calme des grands chagrins.

Elle accéléra ; elle n'avait plus peur désormais. Troisième, quatrième. Elle passa les lieux-dits À la Potence et Au Buquet à plus de 90 kilomètres-heure. Elle riait. Il lui sembla que la voiture volait. Son corps lui paraissait si léger. Elle en était presque heureuse. Les premières maisons au loin. Au-delà, les marais où Arthur avait grandi dans les silences. Elle sourit ; l'imagina garnir les hameçons à œillet d'esches de blé pour la pêche à la carpe, dans les nuits illégales au côté de son père muet ; ces nuits passées à devenir un homme pour arriver un jour à elle ; toutes ces nuits perdues maintenant. Le volant tremblait dans ses mains. L'aiguille du compteur marquait 115. La minuscule chapelle Notre-Dame-de-Lourdes était là ; elle allait surgir à l'endroit où la D32 et la rue de la Cavée, qui descendait fortement, formaient un Y. Ils y étaient passés le troisième soir de leur vie, elle avait eu froid, il n'avait pas encore osé la prendre dans ses bras, la réchauffer pour toujours ; il n'avait pas osé se risquer aux mots d'homme, ceux qui bousculent, prennent sans demander ; ravissent.

Ce soir-là elle aurait dit oui. Tous les soirs et tous les jours elle aurait dit oui.

Oui Arthur.

Soudain la petite chapelle fut là. Elle accéléra encore. La voiture s'encastra à près de 120 kilomètres-heure dans l'étroite porte bleue de l'oratoire, comme si elle avait voulu y entrer. Je te dis oui, Arthur ; oui ; les murs de brique résistèrent au choc, l'auto fut stoppée net ; dans l'habitacle, le corps de Jeanine Foucamprez fut projeté en avant, l'airbag ne se déclencha pas, son beau visage tapa le pare-brise qui éclata, il passa au travers ; les lames de verres lacérèrent la peau rose, arrachèrent un œil, une oreille, incisèrent les lèvres de fraise, tout fut pourpre soudain, poisseux ; un rouge effroyable ; la poitrine magnifique explosa contre le volant, ses côtes furent écrasées, émiettées, et son cœur étouffé, comprimé, continua à battre doucement ; les

189

jambes furent broyées par le moteur qui s'inséra sous le tableau de bord, un épouvantable et inaudible bruit d'os ; un tableau de Francis Bacon soudain, une bouillie amarante ; la douleur fut si inhumaine que Jeanine Foucamprez n'eut pas mal, ou alors elle n'eut pas de mots pour cette terreur-là ; elle vomit son cœur, elle vomit son âme.

Elle met de longues minutes à mourir et lorsque dans la laideur elle suffoque enfin, elle pleure encore.

Je suis Jeanine, Arthur, pas Scarlett.

Arthur Dreyfuss s'éveilla heureux. Sa main cherche le corps de Jeanine Foucamprez, sa chaleur. Le drap était froid.

Nul bruit dans la maison. Nul bruit dehors encore.

À cette heure, il n'y avait que la boulangerie d'Ailly-le-Haut-Clocher (à 4,5 kilomètres par la D32) qui était ouverte et les jours de grand vent, l'odeur des croissants, pains au lait et autres brioches à la vergeoise rousse embaumait parfois jusqu'ici, s'insinuait sous les portes des maisons et faisait sourire et baver les dormeurs.

Arthur Dreyfuss fit un bond. *Jeanine ?* Il l'imagina alors deux étages plus bas, dans la cuisine qui serait jaune un jour. Il sourit. Elle prépare le café. Le maragogype du Chiapas. Il veut la rejoindre, la prendre dans ses bras, lui dire merci, lui dire je t'aime Jeanine, lui faire l'amour encore et savourer avec elle le café fruité comme un parfum au sucre. Il veut lui demander si elle aime les animaux, il ne serait pas contre un petit chien un jour, pour la pêche, une sorte d'épagneul ; il va lui apprendre la pêche à la bouillette, au fouet, la pêche au mort posé ; il va lui offrir tous les héritages du braconnier au corps disparu. Il finit de s'habiller. Il descend. *Jeanine ?* Il pense alors qu'il est l'homme le plus heureux au monde. Il se dit qu'ils vont aller voir sa mère au centre hospitalier, Elizabeth Taylor et lui. Qu'il trouvera les bons mots cette fois. Maman, c'est d'elle dont j'ai envie ; c'est avec Jeanine que je vais pouvoir rester en vie. Découvrir les mots qui me manquent. Ne plus le retenir, laisser papa s'envoler. On ne parlera plus jamais de Scarlett. Il enjambe les marches piégeuses. Ils vont aller voir la bibliothécaire aussi. Elle lui dira que « l'ami » est l'amour. Ne pas glisser surtout, ne pas tomber, se casser la tête. Juste s'approcher d'elle dans la cuisine, sans l'effrayer, la serrer contre soi. Pas de bruit, pas d'odeur de café ; juste le silence lorsqu'il arrive au palier du premier. *Jeanine ?* Il descend, évite la marche numéro huit qui couine comme une souris : ne pas la réveiller si elle s'est rendormie sur le canapé. Mais elle n'est pas là. Elle est sans doute allée chercher le pain, les croissants. Il sourit. Elle est belle. Elle lui manque déjà. Il frissonne. Il sort le café, la casserole pour l'eau. Il lui lira les poèmes de Follain. *On voit un filet de fumée/une feuille qui s'envole/seul l'homme est obligé de sentir la durée*[1]. Il laissera les mots grandir en lui désormais, et elle pourra les cueillir. Il sait que les mots sont un champ et que l'ordre que leur donne le vent peut changer le monde.

---

1. « Absence », *Territoires*, Jean Follain, Gallimard, 1953.

Le café est prêt.

Dans la cuisine, l'air est doucement sucré ; féminin. Il aimerait qu'elle soit là maintenant. Il trouve le temps long sans elle. Il veut commencer leur vie. Il veut retourner à la petite chapelle Notre-Dame-de-Lourdes. Il osera cette fois ; la douce brutalité. La voilà ! Elle frappe à la porte. Il bondit, ouvre. Devant lui, PP. Un PP méconnaissable, misérable, les yeux injectés, brillants ; ses mains noires tremblent, des larmes jaillissent soudain, à nouveau semble-t-il, inépuisables, ses lèvres sèches sont collées, cousues, elles retiennent les mots qui mettent fin aux choses, qui mettent fin au monde. Arthur Dreyfuss va hurler. PP le broie dans ses bras, étouffe sa douleur, l'absorbe en lui.

ARTHUR

ARTHUR

Il fait beau. Le jardin est encore vert. Jeanine Foucamprez est assise à table ; il y a une assiette de
fruits, deux verres de vin. Elle est très blonde. Elle
porte un chemisier marron foncé, un coton épais qui
s'ouvre en cœur sur la naissance de sa fabuleuse poitrine. À côté d'elle, Javier Bardem, les vêtements
couverts de taches de peinture à l'huile, lui offre du
café. Il en renverse un peu, s'excuse ; elle sourit, ce
n'est pas grave, et non, non, pas de sucre, merci.
Jeanine Foucamprez ne met pas de sucre dans son
café. Ils sont beaux tous les deux. De l'autre côté de
la table, le regard noir, les cheveux noirs, l'âme
noire, Penelope Cruz les regarde. Elle fume. Son
index gauche masse sa tempe gauche ; peut-être
fume-t-elle trop. Entre les trois, la tension est per-
ceptible. Le désir aussi ; la fascination. Puis Javier
Bardem propose une promenade dans la campagne
et Penelope Cruz refuse d'un cinglant : « C'est sûr
qu'il va pleuvoir. » Elle parle en espagnol à Javier
Bardem et Jeanine Foucamprez ne comprend pas.
Elle est humiliée, un peu, elle est blessée, alors Javier
Bardem exige de Penelope Cruz qu'elle parle en

anglais. Vous n'avez pas appris l'espagnol ? demande-t-elle à Jeanine Foucamprez. Non, le chinois, parce que je trouvais que c'était joli à entendre. Dites-moi quelque chose en chinois. *Hi ha ma* (c'est en tout cas ce qu'entend Arthur Dreyfuss ; c'est difficile à retranscrire, le chinois) ; et vous trouvez ça joli ? demande Penelope Cruz, cruelle. Le corps de Jeanine Foucamprez semble alors s'affaisser ; elle voudrait abandonner, fuir, être loin déjà sans doute, loin du drame, de l'orage qui couve. Mais Penelope Cruz se lève la première, allume une nouvelle cigarette et Javier Bardem l'imite. Tous deux sont peintres. Une peinture physique, violente ; un lien entre eux, indestructible, impossible, et Jeanine Foucamprez sent, sait qu'elle ne résistera pas à la noirceur de ces deux-là, leurs fantômes, leur désir de morts, de sexe, de rédemption et de perte. Les voilà qui s'engueulent ; tu m'as tout volé ! crie Penelope Cruz, je ne t'ai rien volé se défend Javier Bardem, tu m'as influencé, peut-être, peut-être, et le ton monte ; ils auraient pu se tuer un jour, un coup de chaise contre un coup de rasoir ; c'est la jalousie, hurle l'Espagnole, tu m'as trompée du regard avec la femme d'Agostino, et Javier Bardem crie, et Jeanine Foucamprez, perdue entre les deux, a l'air si fragile soudain et des larmes montent aux yeux d'Arthur Dreyfuss, il voudrait surgir dans ce jardin, leur dire de fermer leurs gueules, *¡ callaos, callaos !*, prendre Jeanine dans ses bras et la serrer fort jusqu'à ce que leurs cœurs battent au même rythme, comme avant ; comme avant.

Mais dans *Vicky Cristina Barcelona*, contrairement à *La Rose pourpre du Caire*, on ne peut ni entrer ni sortir, alors il appuie sur « pause ».

Et le noir de la solitude l'avale.

Après la police, on avait appelé PP à cause de l'autocollant *Station Payen, véhicule de courtoisie* sur la vitre arrière de la Honda broyée et parce que les pompiers n'avaient rien trouvé dans l'auto qui indiquait l'identité de la morte.

L'un d'eux trouva qu'elle avait de beaux cheveux et pleura.

Puis la circulation fut bloquée sur la petite départementale, jusqu'à la hauteur de La Potence. Puis les gens arrivèrent, à pas lourds, comme pour une messe. Il y avait eu Christiane Planchard et la shampouineuse et la coloriste, bras dessus bras dessous, blafardes, le maire Népile, Mlle Thiriard (affublée d'un curieux bonnet rouge vif, presque fluorescent, de type phrygien, qui masquait le massacre de sa frange), Mme Rigodin, journaliste locale (non maquillée, terrifiante, curieusement plus humaine), Éloïse de chez Dédé la Frite et le routier trapu qui se prénommait probablement Philippe au vu du nouveau tatouage sur le poignet de la serveuse ; il y avait eu Valérie, l'ancienne aspirante actrice (les joues balafrées des plis encore chauds de la taie d'oreiller), et Julie, grande amie du pommeau de douche cinq jets et troisième épouse de PP ; il y avait eu Marcel et Madeleine, les derniers éclusiers, qu'on surnommait M&M's, ils se tenaient par la main, bouleversés ; il y avait eu le gentil Lionel, le greffier de la mairie d'ordinaire si volubile, pétrifié soudain ; il y avait eu Mme Lelièvremont, dans son déshabillé couleur chair dont l'échancrure découvrait parfois la poitrine triste, ses mules d'intérieur aux pieds, un foulard noué sur les bigoudis, une centenaire soudain ; il y avait eu ce couple de Belges, endimanchés pour la photo qu'ils rêvaient de faire avec l'actrice américaine, ce couple que personne ne voyait, n'entendait, et qui ne comprenait rien, prenait des photos du chaos, des douleurs, des larmes des autres, qui demandait s'il s'agissait bien d'elle, la célèbre, Scarlett Johansson, l'actrice américaine, si c'était une scène de film, une scène de cascade, un accident, des trucages, c'était incroyablement réaliste, et où était la caméra et qui donc était ce jeune acteur qui pleurait, qui hurlait maintenant, et qu'on empêchait de s'approcher de la voiture écrabouillée, de plonger dans le sang par terre qui se mélangeait à l'huile en un miroir d'ombres, cet enfant qui voulait mourir, mourir, mourir, emprisonné dans les énormes pinces toutes sales de ce garagiste qui ressemblait furieusement à Gene Hackman ; il y avait eu le curé, Tonnelier, le boucher-charcutier-traiteur qui avait apporté du café et des petits-fours : accras de thon, allumettes à l'emmental, bouchées aux fèves, petits gressins aux olives et pesto de persil (gourmandises d'une commande pour un mariage au château, plus tard dans la journée, mais on s'en fout, avait crié l'artiste culinaire en postillonnant, on s'en fout, c'est le malheur qui a besoin d'amuse-gueules, c'est le malheur, pas le bonheur !) ; et dans la fin de la matinée, étaient arrivés la tante biblio-thécaire et le postier, les yeux explosés, la tristesse défigurante, et il y avait eu des cris, des larmes ; le chagrin ; une peur immense.

>   *La jeune « star » conduisant seule*
>   *a capoté dans un tournant*
>   *plein de ciel,*
>   *près de son moteur râlant*
>   *un crapaud meurt avec elle*[1].

---

1. « Paysage de la jeune "star" mourante », *Usage du temps*, Jean Follain, Gallimard, 1943.

Plus tard, après *Vicky Cristina Barcelona*, il regardera ses films dans l'ordre. Il la verra grandir. Il la regardera vieillir. Ses films seront leurs albums de photos.

Il ne la quittera plus.

Il fera suivre le film du New-Yorkais clarinettiste par *The Spirit* de Franck Miller (2008), dans lequel Jeanine Foucamprez tient le rôle de Silken Floss, femme fatale, secrétaire et complice d'Octopus. Puis quand il l'aura vu dix fois, cent fois, quand il sera repu d'elle, il verra *Ce que pensent les hommes*, de Ken Kwapis (2009), où Jeanine Foucamprez joue le rôle d'Anna, jolie blonde (comme d'habitude) et flirt de Bradley Cooper.

Il la retrouvera ensuite à l'âge où elle vint sonner chez lui un soir alors qu'il était en marcel et caleçon Schtroumpfs, en rousse incendiaire, combinaison noir mat moulante, dans le personnage de Natasha Romanoff, alias la Veuve Noire d'*Iron Man 2*, réalisé par Jon Favreau.

Et en attendant *We Bought a Zoo*, de Cameron Crowe, où Jeanine Foucamprez est au côté de Matt

Damon, ou encore *Avengers*, de Joss Whedon, dans lequel elle reprend le rôle de la Veuve Noire, voire *Hitchcock*, de Sacha Gervasi, où Jeanine jouerait le rôle de Janet Leigh, Arthur Dreyfuss écoute ses disques en boucle : *Anywhere I Lay My Head* (d'après les chansons de Tom Waits) ou *Break Up*, enregistré en duo avec Pete Yorn.

En attendant, il pleure encore.

Il a mis sa maison en vente, et même si le jeune type de l'agence immobilière ne s'est pas montré très optimiste, c'est la crise vous savez, ça va exploser tout ça, la bulle, la spéculation, les gens sont ruinés, et puis votre maison est si petite, je n'imagine pas une petite famille là-dedans, ou alors une famille de nains peut-être, ah, ah... oh, pardon, je suis désolé, ce n'est pas drôle ; encore moins un jeune couple, avec ce qui s'y est passé, hum, enfin, je ne voulais pas dire ça, mais ; mais Arthur Dreyfuss y croit : je me fous du prix de vente, je veux juste de l'argent, je dois partir, vous comprenez. Je comprends, je fais de mon mieux, monsieur, mais ce n'est pas simple.

Quelques mois plus tard, lorsque la maison fut enfin vendue (au tiers de son prix, mais qu'importe), Arthur Dreyfuss se rendit une dernière fois au centre hospitalier d'Abbeville.

Lecardonnel Thérèse était tombée dans le coma peu après leur dernière visite, à la suite d'une épilepsie généralisée, expliqua le médecin. Elle est en coma carus, elle n'a plus de réaction aux stimuli douloureux et son électroencéphalogramme montre des ondes delta diffuses sans réactivité à aucun stimulus extérieur. Elle est à deux doigts d'un coma stade 4. C'est quoi un coma stade 4 ? demanda Arthur Dreyfuss. La fin, jeune homme, c'est la fin. Votre maman est là mais elle n'est plus là.

Ses paupières semblaient faites de poussière. Son bras déchiqueté avait finalement été amputé à cause d'une infection nosocomiale, et Arthur Dreyfuss se dit que cette fois, elle ne pourrait jamais plus le serrer dans ses bras, pas davantage que la petite *Beauté de Dieu* si un jour elles étaient enfin toutes deux réunies.

Le médecin s'éloigne : appuyez ici si vous avez besoin de quelque chose, je reste dans le coin, et Arthur Dreyfuss hausse les épaules ; oui j'ai besoin de quelque chose, j'ai besoin d'elle ; j'ai besoin de toi maman, j'ai besoin de papa, de Noiya, de

Jeanine. Il a un sourire triste quand il prononce son prénom. Il ne l'avait plus jamais prononcé. Jeanine. C'était Elizabeth Taylor maman, tu l'aimais parce qu'elle était belle. Parce que pour un instant, elle te faisait oublier les chiens. Il prend l'unique main glacée dans la sienne. Le froid le fait frissonner. Tu n'avais plus peur avec elle. Tu souriais. Il s'assied. Il regarde le corps vide qui l'a porté. Enfanté. Il n'imagine pas qu'un homme ait pu sortir d'un corps si menu. D'une telle ombre. Parce qu'elle est une ombre et lui un homme dorénavant. Il le sait. Il est des violences et des grâces qui bouleversent l'ordre des choses, qui font vieillir. Cette vie de six jours avec Jeanine Foucamprez l'a autant bousculé qu'une guerre ; une de celles qui finissent mal. Qui refaçonnent les survivants. Les font basculer dans la folie. Ou dans l'immense tendresse humaine. Elle est partie, maman. Très loin. Elle est partie en Amérique. Il lui dit que Jeanine rêvait d'être actrice. Qu'elle avait rejoué pour lui la scène célèbre d'un film avec Brigitte Bardot. Il ne pleure plus, désormais. Brigitte Bardot et Michel Piccoli. Il raconte les dialogues coquins. Il sourit. Mais la mélancolie n'est jamais très loin. Il prononce des mots nouveaux, des assemblages nouveaux, qu'il dépose aux pieds de sa mère ; un manteau de paroles dont il s'allège. On voulait prendre sa chair/Elle voulait offrir son cœur. Elles poussent, les fleurs que devait cueillir Jeanine. J'aimais sa vérité/Fragile fragilité/Au profond/De nous. La couleur de son âme. Quand j'y songe/Le mensonge/À soi-même/ Désaime. Elle voulait que je la voie à travers elle, maman. Elle m'a montré son cœur. Il était magnifique et triste. Je trouve que la tristesse a quelque chose de beau. Il laisse les mots sortir, c'est un fleuve doux, qui charrie l'absence, la peine et l'enfance. Il les écoute ; il comprend qu'on n'est jamais aimé pour soi mais pour ce qu'on comble chez l'autre. On est ce qui manque aux autres. Jeanine avait été abandonnée par sa mère après les photos. Arthur avait été abandonné par son père, sans raison, un matin de braconnage. Il sait qu'on peut mourir d'être puni sans explication quand on n'a même pas une faute à se pardonner. On est perdu. En choisissant de sombrer, sa mère aussi les avait tous abandonnés. Il la regarde. Il trouve son sourire figé bouleversant et laid. Il se souvient de ses baisers, du temps de Noiya. Après, plus rien. Cette bouche n'avait jamais plus embrassé. Juste mordu. Sa main ne parvient pas à réchauffer celle de sa mère. Peut-être est-elle déjà morte ; même si la machine émet des petits bruits. Les machines ne savent pas tout. Parfois, elles mentent. J'aimais sa beauté/En l'absence de son corps. Elle me manque maman. Elle était la seule personne vivante qui me restait. On était en train de se sauver l'un l'autre. Il lui répète qu'elle est loin. Qu'elle est en Amérique maintenant. Parce qu'ici c'est difficile pour les actrices. Même si tu es quelconque. Même si tu es sublime. Que tu as un corps pour un peintre. Comme ce Botticelli que tu avais aimé, sur ce timbre. Même si tu réveilles le désir premier des hommes ; de tous les hommes. Et tandis que le froid engourdit sa propre main, il lui annonce qu'il s'éloigne, qu'il a vendu la maison. Qu'il a quitté son travail chez PP la semaine dernière, parce qu'il part lundi. Ce lundi. Il a un avion à prendre, à Paris-Charles-de-Gaulle. Mais ça va aller. Il n'en est pas tout à fait sûr. On lui a dit qu'il existait des cachets contre la peur de tomber, la peur d'être sans ailes, la peur de l'infini. C'est la première fois qu'il prend l'avion. Il a demandé un siège près d'un hublot. Comme ça il les verra dans le cerisier des oiseaux, Noiya et leur père. On se fera des grands signes. On s'enverra des baisers. Et on sera à nouveau une famille. Il se demande si l'âme de sa mère a déjà rejoint l'arbre. Il pense que oui. Il pense qu'on retourne toujours là où on a péché. Il lâche doucement la main glaciale. C'est un premier adieu. Il sourit. Je sais que c'est grand l'Amérique, immense ; quatorze fois la France, je l'ai lu. Mais je la trouverai.

Il suppose qu'elle est à New York, ou à Los Angeles. On ne fait pas carrière en attendant tranquillement à Catoosa (Oklahoma). Il a découvert l'adresse de son agent sur Internet, il s'agit de Scott Lambert. Il a même son téléphone : 310-859-4000. Je la trouverai parce que je l'aime maman. C'est avec elle qu'il veut rester en vie désormais. Avoir une petite fille, et une sorte d'épagneul, aller à la pêche et puis retourner à l'école ou bien réaliser un autre rêve à deux. À trois ; avec la petite fille. Sans elle, il n'est pas très bien. Depuis qu'elle est en Amérique, il a à nouveau ces douleurs au ventre ; tu sais, comme quand papa nous a quittés ; j'ai des boutons qui s'infectent, je ne suis pas bien en ce moment. Je ne dors pas très bien non plus. Il pense au mal qu'on fait parfois, sans le vouloir. Il sait maintenant qu'aimer quelqu'un peut le tuer. C'est terrifiant. Ses premiers mots d'assassin. Une phrase de Follain affleure. *À d'insidieux moments, villages, rivières, vallons perdent leur sens/L'oiseau, la feuille tremblent d'exister*[1]. Il a deviné depuis longtemps qu'elle parlait d'effroi et de perte. Qu'elle parlait de lui ; de toute son existence, en équilibre. Je sais bien qu'elle n'est pas Jeanine, maman. Il lui expliquera lorsqu'il l'aura retrouvée. Il lui racontera tout, et elle comprendra ; il en est certain. Il a appris par cœur des phrases en anglais. Je suis garagiste, avez-vous un travail ? *I'm a mechanician, do you have a job for me ?* Et celle-ci : *You resemble someone I prodigiously, prodigiously loved.* Vous ressemblez à quelqu'un que j'ai prodigieusement aimé. Prodigieusement. Il aime bien ce mot. Il lui trouve quelque chose de divin. Je voudrais retrouver ce lieu d'amour. Il lui expliquera. Il lui racontera tout. Leur rencontre, leur histoire, les courses à l'Écomarché, le café filtré au papier toilette. Je lui raconterai notre premier fou rire à cause d'un DVD porno – la seule fois où il lui a menti d'ailleurs, en prétendant qu'il n'était pas à lui. Je lui raconterai *Le Baron Perché, Un été 42*, comment je l'ai emmenée chez le coiffeur pour éloigner ses fantômes, comment elle a été Elizabeth Taylor pour toi et Cyrano de Bergerac pour moi, comment elle m'a appris à te dire je t'aime, même si c'est difficile, même si les larmes font parfois fondre les mots, dissoudre des syllabes entières ; je lui raconterai comment elle a été heureuse avec

---

1. *Tout instant*, Jean Follain, Gallimard, 1957.

moi et moi avec elle, comment on a aimé les mêmes choses, au même moment, et comment on s'est mis à voler quand on a fait l'amour ; on a volé comme des oiseaux, maman ; et elle comprendra. Et toi, as-tu volé avec papa ? Oui ; elle comprendra. Il le lui dit même en anglais. *She will understand.* Et tout rentrera dans l'ordre. Sinon je mourrai maman, je mourrai. On ne peut pas vivre comme ça. Elle a perdu sa fille. Elle perd son fils. Je sais bien qu'elle ne voudra peut-être pas que je l'appelle Jeanine, mais ça ne fait rien. Je l'appellerai Scarlett si elle préfère. Elle les a perdus tous les deux. C'est fini. La machine ne fait plus aucun bruit. Oui. Je l'appellerai Scarlett si elle préfère.

SCARLETT

Scarlett Johansson était assise à l'arrière.

Elle discutait au téléphone avec Scott Lambert, son agent, de la possibilité du rôle de Marilyn Monroe dans le *biopic* que le Français Christophe Ruggia s'apprêtait à réaliser sur Yves Montand.

La voiture était arrêtée depuis plusieurs minutes au Crown Car Wash, sur West Pico Boulevard (Hollywood).

Le chauffeur faisait le plein.

Soudain son attention fut attirée par une petite fille à la peau caramel, les cheveux dorés, bouclés, comme des ressorts. Elle sautait de joie dans les flaques d'eau. Elle éclatait de rire en regardant un jeune type tout trempé en train de sortir des rouleaux de lavage assis sur un vélo d'enfant.

Un type aux yeux très beaux, qui ressemblait à Ryan Gosling. *En mieux.*

Alors elle descendit de la voiture, et le garagiste l'aperçut. Il la dévisagea longuement, sourit ; quelque chose de très doux.

Puis il détourna la tête, se détourna tout entier d'elle, abandonna là le corps parfait avant de s'éloigner, de disparaître derrière les rouleaux, comme englouti par une vague.

REMERCIEMENTS

Infinis, à Karina Hocine et Claire Silve. Vous êtes mes ailes et le vent favorable.

À Emmanuelle Allibert et Laurence Barrère, qui savent toucher les cœurs pour faire ouvrir les yeux.

À Eva Bredin qui possède ce don très beau de faire voyager les mots de par le monde.

À Olivia, Lydie et Véronique, mes fées.

Aux journalistes et libraires qui ont fait prendre à *La Liste de mes envies* une route d'étoiles.

À Philippe Dorey, à la bande épatante du 17 rue Jacob, à tous les représentants.

À toutes les lectrices, tous les lecteurs qui m'encouragent depuis longtemps et sont eux-mêmes des auteurs de lettres formidables ; des petits soleils les jours gris, des bouées les jours de tempête.

À Dana enfin, la dernière personne que je regarderai.

Grégoire Delacourt
dans Le Livre de Poche

L'Écrivain de la famille   n° 32683

À sept ans, Édouard écrit son premier poème, quatre rimes pauvres qui vont le porter aux nues et faire de lui l'écrivain de la famille. Mais le destin que les autres vous choisissent n'est jamais tout à fait le bon. Avec grâce et délicatesse, Grégoire Delacourt nous conte une histoire simple, familiale, drôle et bouleversante.

La Liste de mes envies   n° 32998

Lorsque Jocelyne Guerbette, mercière à Arras, découvre qu'elle peut désormais s'offrir tout ce qu'elle veut, elle se pose la question : n'y a-t-il pas beaucoup plus à perdre ? Grégoire Delacourt déroule ici une histoire forte d'amour et de hasard. Une histoire lumineuse aussi, qui nous invite à revisiter la liste de nos envies.

Le Livre de Poche s'engage pour
l'environnement en réduisant
l'empreinte carbone de ses livres.
Celle de cet exemplaire est de :
300 g éq. CO$_2$
Rendez-vous sur
www.livredepoche-durable.fr

**PAPIER À BASE DE
FIBRES CERTIFIÉES**

Composition réalisée par NORD COMPO

Achevé d'imprimer en avril 2014 en Espagne par
BLACK PRINT CPI IBERICA
Sant Andreu de la Barca (Barcelona)
Dépôt légal 1re publication : juin 2014
LIBRAIRIE GÉNÉRALE FRANÇAISE
1, rue de Fleurus – 75278 Paris Cedex 06